須賀敦子と9人のレリギオ

――カトリシズムと昭和の精神史

神谷光信
KAMIYA mitsunobu

日外選書
Fontana

装丁：山中 章寛（ジェイアイ）

はじめに

須賀敦子（一九二九～一九九八）が永眠して十年近くが経つ。没後ほどなく全八巻の全集（河出書房新社、二〇〇〇～二〇〇一年）が刊行されたが、昨年からは同社文庫版全集の配本が始まるなど、根強い人気を持つ作家である。

今年（二〇〇七年）一月五日から、朝日新聞では夕刊の「異才伝」というシリーズで彼女を取り上げ、数回にわたり、写真入りで関係者による回想を掲載した。また、テレビマンユニオン会長重延浩氏により、シリーズ「イタリアへ――須賀敦子　静かなる魂の旅」（ＢＳ朝日）も二〇〇六年から三年がかりで制作中という。

還暦を迎えてから文芸ジャーナリズムに登場し、僅か五冊の書物を残して彗星のようにこの世を去った彼女の何がそれほどまでに読者を惹きつけるのであろうか。

須賀敦子は、正面切ってカトリックの信仰について語ることがなく、またキリスト教を主題にした作品を書くこともなかった。しかし、彼女の人生はカトリックの信仰に貫かれており、彼女の文学を理解するためには、宗教の問題を看過することはできない。本書は、こうした視点から彼女の生涯と文学に光を当てようとしている。

本書はまた、須賀敦子と同時代を生きたカトリックにゆかりのある人々についても考察している。どれほど傑出した人物であっても、時代の中を大勢の人々とともに生きているからであり、しかも昭和の知識人を眺めてみると、文学者はもとより、芸術家、経済人、政治家など、さまざまな分野でカトリックの信仰を持つ者が目に付くからである。

カトリック教会の何に彼らは心惹かれたのだろうか。一九六〇年代の第二ヴァチカン公会議を経て、それまでの排他的な姿勢を改めたとはいえ、「新教」たるプロテスタントと対比して「旧教」と見做されてきたカトリック教会の、何が彼らを魅惑したのか。それを探ることは、須賀敦子を理解する上でも大切と思われる。

カトリック作家たちについて書かれた文芸評論はこれまでもあるが、幅広くカトリック知識人を論じた書物は皆無に等しい。本書は、文学者以外にも、彫刻家、哲学者、科学史家、カトリック司祭など、これまで同じ地平で論じられることのなかった人々を思い切って取り上げている。また、洗礼を受けた信者かどうかを厳密な基準にはしなかった。たとえば須賀敦子と同じく、若き日に聖心女子大学で外国人修道女たちに囲まれながら過ごした皇后陛下についてもとりあげている。

わが国においてキリスト教徒は全くのマイノリティであり、とりわけカトリック信徒の数は四十二万人と、総人口の僅か〇・三パーセントにすぎない。そもそもプロテスタントとカトリックの相違についても、世間一般では不分明な人がほとんどというのが実情であろう。

ローマ教皇を最高指導者と仰ぎ、官僚的な聖職位階制を世界中に張り巡らせ、十億人の信者を擁する世界最大のキリスト教教会――それがカトリック教会である。プロテスタント教会と異なり、聖書の自由解釈を許さないことも特徴である。二〇〇五年、ヨハネ・パウロ二世の死去と、それに伴うドイツ人新教皇ベネディクト十六世の選出が世界中のメディアを賑わしたのも、ヴァチカンが国際政治にも多大な影響力を持つ存在であるからにほかならない。ハリウッドで映画化された、ダン・ブラウンの知的ミステリー『ダ・ヴィンチ・コード』が、カトリック教会に対する誤解を招く内容であると、世界各地で抗議行動を惹き起したことも記憶に新しい。

本書をひもとくことで、読者諸賢は須賀敦子を始めとする知識人たちの内実を探りつつ、カトリシズムと昭和の精神史についての思索をそれぞれに深めていただきたい。

目次

目次

扉イラスト 柳瀬作治

須賀敦子

——カトリック教会への傾斜と反撥

須賀敦子（すが・あつこ）は一九二九年（昭和四年）兵庫県武庫郡に実業家の長女として生まれた。先代から事業を引き継いだ父親は、一九三五年（昭和十年）、彼女が小学校のときに一年間かけてヨーロッパとアメリカを旅行した人である。ベルリンオリンピックも彼は観戦している。敦子は、小学校、高等女学校、高等専門学校、そして大学と、聖心女学院に通った。東京の専門学校入学は終戦の年のことで、外国人修道女たちが運営する寄宿舎で生活した。寄宿舎内の会話は全て英語だった。

知的世界への関心は深く、親の反対を押し切って戦後発足した聖心女子大学に一回生として進学したのは一九四八年（昭和二十三年）のことである。前年にやはり両親の反対を押し切って受洗している。同期生に、国際政治学者となる中村貞子（緒方貞子）がいた。大学で最も関心を持った講義は「教会建築史」であった。フランス、ドイツの教会建築が彼女のこころを奪った。彼女は図書館にこもって、カテドラルのファサードの写真を鉛筆で何日もかけて模写したという。一方で須賀は一九四六年（昭和二十一年）に結成されたカトリック学生連盟に加わり、破防法反対活動にも参加した。

卒業後の進路として、須賀は修道女になることも考えている。クラスメイトには修道女になった者も少なくなく、選択肢として決して不自然なことではない。しかし、社会的な実践活動への関心も深く、日本でエマウス運動（一九四九年フランス人ピエール神父が提唱した世界規模の実践活動。廃品回収を通じて地域社会と連携して恵まれない人々を援助するもの。なお、ピエール神父は二〇〇七年一月、九十四歳で死去）をつくったヴァラード神父を知ったのもこの頃のことである。運動に参加したいと考えたが、女性はいらないと断られたという。

一九五二年（昭和二十七年）、両親の反対を押し切って慶應義塾大学大学院社会学研究科に進学した。神学でも文学でもなく社会学であったのは、彼女の関心が具体的な社会の変革にあったことをうかがわせて興味をそそられる。だがこの進路選択には入学後すぐに疑問を感じたようである（後年、朝日新聞の書評委員会の席上「社会学には何ができるか」という書名が読み上げられたときに、間髪を入れず「何もできない」と合いの手を入れたというエピソードを池内紀が松山猛との対談で語っている）。慶應では、岩下壮一門下で中世哲学専攻の松本正夫（一九一〇～一九九八）が会長を務めるカトリック学生の勉強会「栄誦会」に参加したことが大きなできごとである。ここで彼女はフランスの新神学に触れた。須賀は晩年にいたるまで、毎年春分の日に行われる松本正夫を囲む会に参加していた。また須賀はここで野崎苑子（一九二五～）と知り合う。野崎の夫となる三雲夏生（一九二三～一九八七）は遠藤周作とともにフランス留学し、帰国後は慶應義塾大学で教鞭をとった人である。全集の年譜では、この年にカトリック学生連盟の活動を通じて有吉佐和子や犬養道子とも出会ったとするが、犬養はこの年にアメリカからオランダへと日本に帰国することなく直行しているので疑念がある。

慶應を一年で中退すると、須賀はパリ大学文学部比較文学科に留学した。父親が留学を許したのは、修道院入りを断念させる意図もあったと妹が証言している。この時期に、カトリック教会の新しい息吹に彼女は直接触れることになる。

カトリック左派の思想は、遠くは十三世紀、階級的な中世の教会制度に刷新をもたらしたアッシジのフランシスコなどに起源がもとめられるが、二十世紀におけるそれは、フランス革命以来、あらゆる社会制度の進展に背をむけて、かたくなに精神主義にとじこもろうとしたカトリック教会を、もういちど現代社会、あるいは現世にくみいれようとする運動として、第二次世界大戦後のフランスで最高潮に達した。

一九三〇年代に起こった、聖と俗の垣根をとりはらおうとする「あたらしい神学」が、多くの哲学者や神学者、そしてモリアックやベルナノスのような作家や、失意のキリストを描いて、宗教画に転換をもたらしたルオーなどを生んだが、一方、この神学を一種のイデオロギーとして社会的な運動にまで進展させたのが、エマニュエル・ムニエだった。彼が戦後、抵抗運動の経験をもとに説いた革命的共同体の思想は、一九五〇年代の初頭、パリ大学を中心に活躍したカトリック学生のあいだに、熱病のようにひろまっていった。教会の内部における、古来の修道院とは一線を画したあたらしい共同体の模索が、彼らを活動に駆りたてていた。

（『コルシア書店の仲間たち』）

当時パリでは犬養道子も学生として聖書とカトリック神学を学んでおり、同じ熱気を肌で感じていた。須賀が参加した一九五四年（昭和二十九年）のシャルトル巡礼には、犬養も参加していた。議論を交わしながらの徒歩の旅。その巡礼から受けた感銘については、「大聖堂まで」（『ヴェネツィアの宿』所収）で詳しく語られている。

須賀は、エディット・シュタインを研究するドイツ人の同居人と議論し、教会から禁止された労働司祭が立てるミサに参加したりした。そしてしばしば重いこころを抱えてノートル・ダムにひとりででかけ、慰められるものを感じた。しかし、須賀はどうしてもパリになじめ切れないものを感じていた。「大学の硬直したアカデミズム」「化石のようなアカデミズム」（『ヴェネツィアの宿』）に窒息する思いであったという。夏休みにイタリアにでかけたのは何かをそこに感じたからだ。

二年後に一度帰国し、日本放送協会国際局に勤務したが、一九五八年（昭和三十三年）、カトリック修道会の奨学金を得てローマに渡った。この年が、「ヒトラーの教皇」といわれる教皇ピウス十二世が亡くなり、第二ヴァチカン公会議を開催することとなるヨハネ二十三世が新教皇となった年であることには注意を払うべきであろう。彼女は週に二回、中世神学の研究所に通った。

日本にいるときに、須賀はイタリア・ミラノにコルシア書店というカトリック左派の活動を行う書店があることを知った。「純粋を重んじて頭脳的なつめたささをまぬがれない、フランスのカトリック左派にくらべて、ずっと人間的にみえて、私はつよくひかれた。イタリア留学のめどがついたとき、この人たちに会うことを、目標のひとつに決めたことはいうまでもない」。留学した年のクリスマスのころ、須賀はコルシア書店の中心的メンバーであったトゥロルド神父と接触しているが、彼に会う前、須賀はムニエが創刊した『エスプリ』誌の編集を手伝っていた学生の友人と「当時、私にとってても深く関心のある問題」であった「キリスト教を基盤とした、しかも従来の修道院ではない生活共同体というものが、はたして可能なのか」について「むさぼるように」語り合っている。

一九六〇年（昭和三十五年）、須賀敦子はミラノの出版社で日本文学の翻訳家として活動を始める。そしてコルシア書店との繋がりが深まり、翌年、書店員リッカと結婚する。須賀敦子の結婚生活と、カトリック教会の第二ヴァチカン公会議がぴったりと重なりあっている事実は看過すべきでない。カトリック左派の活動の盛り上がりも、信徒使徒職が教会の使徒職そのものへの参与と見なされるようになったのも、この公会議と無関係ではないからである。「共同体」

という言葉は須賀敦子にとって鍵語であるが、彼女の共同体への憧れの深さは、二十世紀後半におけるカトリシズムの変容と切り離して考えることは不可能である。一九六二年（昭和三十七年）に『聖心の使徒』に発表された「愛しあうということ」と題するエッセイで、須賀は教皇ヨハネ二十三世の即位によって生き生きと動き出したヴァチカンへの期待をコンガールを引用しながら記しているし、個人的書簡のなかでは、新教皇への親愛の情を隠すことなく記している。この時期に須賀は『どんぐりのたわごと』という小冊子を刊行している。このなかで須賀は信徒使徒職について徹底的に考え抜いている。没後に未定稿が発見された『アルザスの曲がりくねった道』では典礼の日本語訳に疑念が記されていたが、『どんぐりのたわごと』ではすでに詩篇の現代日本語訳まで試みられているのである。

また、須賀は翻訳者として谷崎潤一郎、井上靖、庄野潤三、川端康成などの作品をイタリア語に翻訳しているが、それに先立ち『荒野の師父らのことば』を日本語に翻訳（『聖心の使徒』に一九六〇年から二年間訳出連載）していることも忘れてはならない。

リッカが肋膜炎のため四十一歳の若さで亡くなったのが一九六七年のことである。

学生運動が燃えひろがった一九六八年前後の数年間を、ミラノにいた私はおそいハシカをわずらった病人みたいに若い人たちの波に乗り、彼らとともに流された。かろうじて私を支えていたのは、一九五二年、大学院生の仲間たちと戦った反破防法運動の日々の記憶だった。だがイタリアで結婚した夫が六七年に急逝したことから、それまでどうにか繋ぎとめられていた綱も切れ、私は目標を見失った探検家のように、あてのない漂流をはじめた。

(『ユルスナールの靴』)

一九七一年(昭和四十六年)に帰国した。ヴァラード神父の再三の要請に応えたものであったが、「どう逆立ちしてもイタリアの歴史には参加できない」という思いもあった。子供もいなかった。「日本の教会を見て眠っているようだった」(「『エマウスの家』の女あるじ」『カトリック新聞』一九七三年十一月十八日号『文藝別冊　追悼特集須賀敦子　霧のむこうに』河出書房新社、一九九八年に再録)。慶應義塾大学外国語学校講師となる一方、数年間をエマウス運動に打ち込んだ。おそらくこの運動に須賀は「キリスト教を基盤とした、しかも従来の修道院ではない生活共同体というもの」の日本的展開を見出したのである。翌年にフランスで行われたエマウス国際ワークキャンプに参加し、翌年には四十人、さらに次の年には三十名のメンバーを引き連れて同ワークキャンプに参加している。練馬区の元修道院を活用して「エマウスの家」を設立し、責任者となったのもこの年のことである。ジーンズ姿で若者たちと寝泊まりして一切を仕切っていた。軽トラックを自ら運転することもあったという。一九七八年(昭和五十三年)四十代の終わりの時点で、エマウスの肉体労働による活動と相互に補完しあうものとして、観想修道院のような祈りの場をつくることができたらと彼女は考えていた。

やがて須賀はエマウス運動から手を引く。上智大学で常勤講師となったことも関係があるかもしれないが、このあたりの経緯については彼女は詳しく語っていない。「……四十五歳からの二、三年間、私なりに持つことを許された、あの熱に浮かされたような、狂的といっていいほどの速度と体力と集中で仕事ができた時代」について、須賀は「まちがえた場所に穴を掘ってそのことの危険に気づかないウサギみたいに、いまになって思えばその仕事も数多い私の試行錯誤のひとつにすぎなかったのではあるけれど、とにかく全力を注ぐ対象ではあった」（『ユルスナールの靴』）と言葉少なに語っているだけである。

五十代を控え、家族もない須賀は文学研究者として生きる決心をしたようで、博士論文に取り組み、一九八一年（昭和五十六年）、五十二歳のときにウンガレッティ研究により慶應義塾大学で博士号を取得する。翌年、慶應の事務嘱託を退職して上智大学外国語学部助教授となり、晴れて須賀はアカデミズムの人となった（七年後同大比較文化学部教授に昇進）。これはまた、在野のカトリック活動家としての前半生を清算して、カトリシズムの世界的ネットワークの体制内に地位を得たことを意味した。

われわれの知る作家須賀敦子が文芸ジャーナリズムに登場したのは、オリベッティの広報誌『スパッィオ』の連載をまとめた『ミラノ　霧の風景』（白水社、一九九〇年）によってである。長かった昭和が終わり、ソヴィエト連邦も崩壊した後のことである。この書物は読書人の間で評判になり、翌年、講談社エッセイ賞、女流文学賞を受賞した。嬉しさよりも、とまどいの方が大きかったのではないかとわたしは想像する。

第二作は書き下ろしの『コルシア書店の仲間たち』（文藝春秋、一九九二年）で、ここで彼女は三十代を生きたコルシア書店を巡る人々について語った。この書物に「神」という言葉は登場しない。人間だけが語られているといってよい。カトリック左派についても、必要最小限の記述しかなされていない。彼女のまなざしはシニカルといって良いほど厳しい客観性を具えている。教会当局を脅かしたコルシア書店を回想するとき、須賀は生々しい部分は全て割愛したのだった。人々が感銘したのは、何か運命的なものが、文学的香気あふれる文章で描かれていたからであろうとわたしは思う。そのような稀な書物の出現に、われわれは新鮮な驚きをもったのであった。

還暦を迎えていたこともあるが、須賀には晩年の自覚がこのときすでにあったとわたしは思う。だが、ジャーナリズムからの招きは、彼女に新しい人生のはじまりを促した。『ヴェネツィアの宿』（文藝春秋、一九九三年）『トリエステの坂道』（みすず書房、一九九五年）『ユルスナールの靴』

（河出書房新社、一九九六年）と、合わせて五冊の書物を刊行する。
一九九七年（平成九年）一月、須賀敦子は国立国際医療センターに入院する。退院するが再入院し、翌年三月、心不全により急逝した。六十九歳だった。

駆け足で須賀敦子の生涯を概観したが、紆余曲折に満ちたジグザグの行路に見える彼女の人生も、カトリシズムの視点から眺めたとき、首尾一貫した精神が脈打っていたことが見えてくる。彼女が希求しつづけたものは、修道院とは異なる新しい「共同体」であった。それがどういうものであったのか、考えてみることにしよう。

還暦を過ぎてから文芸ジャーナリズムに迎えられ、作家として晩年を生きた彼女は、死の直前に、ある神父を訪ねた際「私にはもう時間がないけれど、私はこれから宗教と文学について書きたかった。それに比べれば、いままでのものはゴミみたい」と語ったという（鈴木敏恵「哀しみは、あのころの喜び」前掲『文藝別冊』所収）。

宗教について、彼女はどのような書き方をしようとしたのだろうか。須賀は自分の体験を通してしか、要するに、生活の次元、肉体的な次元にまで降りてきた思想しか語ろうとしなかった人であるから、宗教についてもそれは同様であったろう。彼女の書物に「神」という語彙がほとんど登場しないことはすでに記したとおりである。それは日本の読者を意識したから、という以上の理由があるとわたしは思う。須賀敦子の作品において、「神」は行間にいる。青柳祐美子の証言によれば、須賀は「文学に宗教的要素を入れるのをすごく嫌がっていて、そういう作品を手厳しく批判して」いたという。「それは逃げである。そんなところに逃げちゃいけない、そんなところに答えはないと。自分のものの見方の中に答えがある、自分の生きた足跡の中に答えを見つけなきゃいけない」と。

彼女はイタリアを語り、コルシア書店を語り、自身の幼少年期の人々と書物を語り、亡くなったイタリア人の夫の家族を語った。この文学的展開は自然な必然性を感じさせる。だが、生前最後の仕事となった『ユルスナールの靴』が『文藝』に連載されはじめたときに奇異の念を感じた読者もいたことだろう。

松山猛の証言によれば、須賀はユルスナールを書くかジョルジュ・サンドを書くか迷っていたという（前掲対談『別冊文藝』所収）。サンドならばわかる。サンドは、ショパンと別れた後の一八四八年にフランスで革命が起きたとき、社会主義者たちとともに、理想的な共同体を夢見て政治のただなかに身を置いた人だからである。その後政治から離れたサンドは、自身の少女時代を下敷きに『愛の妖精』を著すことになるわけで、須賀が自分の人生とサンドの人生を重ね合わせたとしても決して不自然ではないからである。『愛の妖精』のはしがきで、サンドは政治的動揺の時代における芸術家の使命について記しているが、この文章に須賀敦子は躊躇なくサインすることができたはずである。

しかも、彼女は十七歳のときに『愛の妖精』（原題は「小さなファデット」）と出会い、「ファデットになりたい、ファデットになりたい」と呪文のように繰り返すほどのめり込んだ一時期があったのだ。主人公ファデットは、「すべてが、すんなりとおとなになれなくてもがいていた、そのころの私にそっくりな気がしたのだ」（「小さなファデット」）。この文章を書いたのは、松山に相談した半年前のことである。

だが、いかなる理由があったのか、最終的にサンドを書く計画は廃棄され、ユルスナールが選択された。自分はいくつかの宗教に属している、と語るユルスナールの、どこに須賀敦子は惹かれたのであろうか。どのような重なりを、須賀はユルスナールに見出したのであろうか。

ひとつはギリシア・ローマ文化への関心であろう。

ヨーロッパ中世に壮大に開化したところのカトリシズムを精神の基礎にしていた須賀が「古代」と出会ったのは、フランス留学時代に初めてローマを訪れたときのことである。パルテノン神殿を訪ねたときの体験を彼女はほとんど現象学的な緻密さで記述している（『時のかけらたち』青土社、一九九八年）。このときの体験は強烈で、「異教」という言葉には括りきれない豊饒な世界の存在を、須賀はおぼろげながら予感した。キリスト教の前史としてのローマというキリスト教徒の陥りがちな偏見から自由なユルスナールの視線への共感が彼女にはあったものと考えられる。もうひとつは、カトリック教会が正統な教義を作り上げていくなかで否応なしに生み出さざるを得なかった宗教的異端の中に、地上の教会が切り捨てざるを得なかったキリスト教のさまざまな可能性を見出そうとする視線への共感であったろう。この二つはしかし、カトリシズムの再検討という意味合いで共通している。須賀は、地上の世界における政治抗争という主題の追究を退け、永遠の世界までをも含んだ世界観の闘争という主題に対峙することとしたと考えてよい。

これは過ぎ去った遠い過去の歴史的事柄ではなかった。須賀自身、カトリック教会当局からコルシア書店のメンバーとして弾圧を受けた当事者であったからである。江戸幕府や昭和前期の日本政府から弾圧を受けたキリスト教徒はともかくとして、カトリック教会から圧力を受けたカトリック信徒は、自分以外にはいないことに彼女は気がついていたかもしれない。自分以外の誰かを介在させるという凝った仕掛けは、こうした方法なしにはうかつに語ることのできぬ主題に彼女が接近しはじめていたことを意味していよう。晩年に近づくにつれ、感性的思考を微妙に後退させつつ、より構造的に世界を認識し陳述しようとする彼女の態度に、天使博士トマスに代表されるところのカトリック的思考の影を見るのは深読みであろうか。

……ゼノンの物語を歴史に組み込むことによって、作者がなにを伝えようとしているかについては、ほとんど疑いの余地がない。異教の神々は死にたえたが、キリストはまだ生まれていない時代、とフロベールを引用しながら『ハドリアヌス帝の回想』の時代を定義したユルスナールは、この作品においても、ある過渡期を、端境の時代をえらんでいる。「スコラ哲学の刻印を受けながらそれと戦っている」ゼノンは、〈近代〉がそろそろ顔を見せはじめる十七世紀ではなくて、ルネッサンスの昂揚が下降しはじめた十六世紀の人間なのだ。そして、彼は「社会を転覆させかねない錬金術師たちのダイナミズムと次の世代にもてはやされることになる機械論のあいだ、事物のなかに神が潜在するという神秘主義といまだにあえて名乗ろうとしない無神論とのあいだ」で揺れている。古典の語彙に支えられたハドリアヌス帝の孤独にくらべるとき、中世にもルネッサンスにも頼りきることのできない、だから文化の系譜としても寄りどころを失ったゼノンの孤独は、はるかに私たちのそれに近い。彼もまた、どこか私たちとおなじように、矛盾にみちた過渡期を、そして方法論を、模索しながら生きた人間なのだ。ユルスナールが彼を、不堯不屈の修行者としても、教祖としても描かなかったのは、そのためだ。

（『ユルスナールの靴』）

須賀はこのように記すが、「ゼノンの孤独」を「私たちのそれに近い」とするのは牽強付会というものであろう。カトリシズムという文化的背景を持たぬ大方の日本人にとって、ゼノンの孤独は所詮他人事でしかないと断言してよい。ユルスナールのハドリアヌス帝への興味は、カトリック教会が存在しなかった時代への関心であり、ゼノンへの興味は、カトリック教会が烈しく動揺した時代への関心であった。それは裏返されているとはいえ、カトリシズムへの強烈な興味関心がなければ存在しないものであった。

『ユルスナールの靴』は、評論とも紀行とも自伝ともつかない奇妙な作物である。既成の方法ではなく、あくまで自分のやり方で無理矢理押し通そうとする須賀の生き方がそのまま作品に現れているが、追究が不徹底で中途半端に終わっている。諸家が絶賛するほどの書物とは思われない。むしろ並行して書かれた『地図のない道』（新潮社、一九九九年）の方がはるかに重要である。ここでは『ユルスナールの靴』のように別の作家をアリバイのように用いることがない分、須賀の反教会的思考がはっきりと語られている。若い学生時代には全く関心のなかった別のローマへの興味、それは「ローマをかがやかしい永遠の都と呼ばせることに成功した、いわば勝ち組の皇帝や教皇たちの歴史よりは、この街を影の部分で支えてきた、ローマの庶民といわれる負け組の人たち、とくに、いわれのない迫害をじっと耐えながら暗いゲットに生きてきたユダヤ人の歴史」への興味であった。コルシア書店時代のユダヤ人の友人マッテオ。彼の結婚相手のルチッラ。二人ともキリスト教徒である。子供が次々に生まれ、次男ジョヴァンニの洗礼の名付け親に、須賀が頼まれる。洗礼式の場面はすばらしい。

ジョヴァンニの洗礼式が行われたのも両親が結婚式をあげたのと、同じ教会だった。光沢のある白い絹サテンに綿を入れて封筒のようなかたちに仕立て、ブラーノのきれいなレースで飾った《赤ちゃん入れ》は、先祖がヴェネツィアのゲットにいたというルチッラのおばあさんが生まれたときお宮まいりに使ったという、見たこともないほどりっぱなものだった。その豪華な《赤ちゃん入れ》にくるまれた、生まれてたった二週間のジョヴァンニは、洗礼式のあいだ中、私の腕の中でドジョウみたいにくねくねとちっちゃなからだをくねらせて、落としたらどうしようと私は冷汗をかきどおしだった。おまけにちょっと油断すると、リネンの小さな帽子が顔にかぶさってしまったり、赤ん坊が《封筒》の奥にずるずるもぐりこんでしまったり、私のよこにいたマッテオのお母さんまで、こんなによく動く子は見たことがないといって笑った。

マッテオの父親は白髪だが、それにはいわれがあった。マッテオが八歳のとき――それは戦争中のことである。ナチの手を逃れて、一家はイタリアからスイス国境近くの村から村へと逃亡した。ある日、山中の羊飼いの小屋にいると、村の司祭がやってきた。今晩ナチがユダヤ人を捜しに来るという情報が入った。トラックを用意したから逃げろというのである。トラックで安全な場所まで運ばれたが、夜が明けると、父親の髪の毛が一晩で真っ白になっていたという。「戦争が終わってから、あの神父さんにお礼がいいたくて、私たちは山小屋のあった村までたずねて行ったんです。そしたら、亡くなっていた。あの夜、ドイツ軍に射殺されたというんです。私たちを逃がしたために。もういちど、髪が白くなるような気がしました」。こうして須賀は身近な隣人をとおして歴史に触れていく。彼女の記すイタリアの人々を知るとき、いわゆるヨーロッパ的な「個人」という概念が揺らぐのを覚える。日本の伝統的社会に見られるような、関係の中での「私」と同じような世界がここにあるように錯覚するのである。『トリエステの坂道』のなかで、ミラノの市営墓地を、襤褸切れの塊のような姿でよちよちと歩く顔見知りの老女の姿が描かれるとき、突飛な連想と思われるかもしれないが、わたしはそこに水上勉が作品のなかで名も無き庶民に注ぐ視線と似たものを感じるのである。

中世以来、ヨーロッパの病院は《上層》の人たちのお声がかりで《貧乏人》のために設立され、前者の《慈悲心》あるいは《秩序志向》（そして分類癖）を満足させるために経営されてきた。もちろん、そのなかには、やさしいこころ、寛大な性向、深い信心や高潔な意志に支えられて病人の世話にあたった多くの英雄的な聖者たちや果敢な施政者がふくまれていたことも、忘れてはならないのだろうけれど。

しかし、貧しい人たちの側からいってみれば、事情はもっと複雑で悲惨だ。重い病気にかかると、彼らは有無をいわせずそのまま《病人の家》に送りこまれ、親族はもとより、ふだんの生活、彼らが愛着をもっていた家具、そこから入ってくる陽ざしで一日の時間がわかる窓、道路の音がほんのそこに聞こえる部屋、あちこちがへこんだ粗末な金属の食器、叱っても叱っても泣きわめく子供たちの声や、手を病人のひたいにそっとあてて熱が下がったかどうかをしらべにくる《かれの女たち》の肌の感触やためいき、そういった些細といってしまえばそれまでだが、病人にとってはかけがえのない日常であるすべてからも、貧乏人は切り離されてしまったのである。

須賀はヴェネツィアの街を歩き回る。施療院の跡を追い続けて。迷いつづけたあげく、ようやく彼女はそれらしき建物を探し当てる。しかし入口はみつからない。諦めて河岸に出ると、対岸のレデントーレ教会が目に入った。

思いがけなく、ひとつの考えに私はかぎりなく慰められていた。治癒の望みがないと、世の人には見放された病人たち、今朝の私には入口の在りかさえ見せてくれなかったこの建物のなかで、果てしない暗さの日々を送っていた娼婦たちも、朝夕、こうして対岸のレデントーレを眺め、その鐘楼から流れる鐘の音に耳を澄ませたのではなかったか。人類の罪劫を贖うもの、と呼ばれる対岸の教会が具現するキリスト自身を、彼女たちはやがて訪れる救いの確信として、夢物語ではなく、たしかな現実として、拝み見たのではなかったか。彼女たちの神になぐさめられて、私は立っていた。

須賀敦子の信仰は必ずしも教会的なわけではない。彼女が本気になって宗教に取り組んだとしたら、それはおそらくカトリック教会を脅かす内容になったであろう。そういう書物を書かざるをえない軌跡を辿った人であった。だが、それはカトリック系大学の特遇教授という社会的地位と、病気を患い、家族を持たない身の上では難しいことではなかっただろうか。また、カトリシズムについて正面切って語ることは、教会に敵対する可能性を持つ行為であると同時に、それまでに獲得した数多くの読者を失う危険を冒すことでもあった。しかし、それによって、少数かもしれないが、新しい読者を得る可能性もあったはずである。反教会といっても、それは決して自分を声高に主張せんがためのパフォーマンスではなかった。むしろ自分に対する興味には乏しい人であった。彼女が還暦を過ぎるまで文芸ジャーナリズムに登場しなかった理由はおそらくそこにある。世間一般の分類に従えば、小説家ならぬエッセイストとして活動しながら、彼女ほど自分を語らなかった人はいない。彼女はいつでも証言者であり、翻訳者であった。そしてその在り方こそ彼女の書物が持つ美しさの秘密があった。彼女自身が愛着を持っていたと伝えられる文章でも、甘美な抒情に流れて魅力に乏しいものがある。須賀敦子でなくとも書ける文章を、彼女はたくさん書いている。最晩年の彼女の目には、それらが「ゴミみたい」に映ったのだ。夥しく書かれた書評も、本当に書かねばならぬものであったのかどうか疑問である。人生の最後に宗教について書きたいと強く希ったのは、誘惑に駆られてではなく、明確な意図を持って自分を語ることを決意したということを意味したのだとわたしは思うが、同時にそれは、無名性に徹したものでなければならぬという逆説を秘めていたはずである。

須賀敦子とカトリック教会について、もう少し踏み込んで考えてみることとしよう。

カトリック教会の最高会議は、教皇が全世界から司教を召集して主宰する公会議である。四世紀にニカイアで開催されたものが第一回である。カトリック教会は、公会議を繰り返し開くなかで、主要な教義を制定し、異端を排斥し、行政上の問題を解決してきた。

教皇ヨハネ二十三世により、三年間の準備期間を経て、一九六二年から六五年にかけて、ヴァチカンのサンピエトロ大聖堂で第二十一回公会議が開催された。これは、通常、第二ヴァチカン公会議と称される。この会議が画期的であったのは、公会議史上初めて全大陸から司教が参加したこと、そしてカトリック以外のキリスト教会の代表者がオブザーバーとして招かれたことである。会議の基本理念は、それまでの閉鎖的独善的なカトリック教会を開くという画期的なものであった。

たとえば、ミサ典礼は、地球上どの地域であってもラテン語で立てられていたが、各国語によるものにすることが認められた。また、信徒使徒職が推奨されるなど、この会議の本質は「刷新（アッジョルナメント）」にあった。教義を定めることはなかったが、カトリック教会の進む方向を大転換した会議であったといってよい。

第二ヴァチカン公会議の意義については、会議後まだ半世紀足らずという歳月しか経過しておらず、まだまだ時間がかかることだろう。一五四五年から一五六三年にかけて断続的に開催された第十九回公会議はトリエント公会議である。この会議が果たした対抗宗教改革開始という歴史的意義、そしてそれが各国に及ぼした影響について、四百五十年近く後の時代を生きるわれわれはそれらをはっきりと指摘することができる。しかし、第二ヴァチカン公会議は未だ現代史に属し、歴史的展望の下にその意義を云々することはできないのである。

先にも指摘したところだが、改めてわれわれが注意しなければならないことは、若き須賀敦子がミラノのコルシア書店で働いていた時代が、ちょうど第二ヴァチカン公会議と重なっていることである。現在のわれわれにとって、この会議は回顧検証されるべき過去の歴史的出来事であるが、ヴァチカンのお膝元であるイタリアでこの会議に注目していた彼女にとって、この会議は未来に属するものであり、希望に縁取られて輝いていたことを忘れてはならない。

「刷新」にいたる運動の、小さいけれどイタリアでは重要な拠点のひとつだった、ミラノの書店——そのために戦後まもないころの開店以来、数度にわたって、左翼路線を変えなければ閉鎖を命じると教会当局から脅かされてきた——で、この朗報に接したときの、あまりに夢みたいでどこか気の抜けたような歓びが忘れられない。

（未定稿「アルザスの曲がりくねった道」）

もちろん日本からも全司教がこの会議に参加している。一九六〇年代、すでに、日本はアジア諸国のなかで教会行政上最も整備された国になっており、公会議の諸決定を受けて国内に多くの委員会が設置された。しかしながら、さまざまな混乱もあったようだ。司祭、修道士の還俗も、六〇年代を通じて百人近くに及んだという。

須賀は引用した先の文章の後にこう続けている。

だが、わたしたちの安堵とよろこびを踏みにじるようにして、いったんローマを離れると、アッジョルナメントは行く先々で誤解に誤解を生んだ。それはまた、すべての急進思想が避けがたくたどる道なのだが、公に認められた時点で、もともとは人間の生き方についての問題であるはずだったものが、教会法や政治の問題にすりかえられ、本来の目標があっさりと忘れられてみじめな変質をとげた。イタリアで多くの仲間や知人が弾圧の犠牲になって、あるいは都市を放逐され、あるいは筆を折らされたものの考え方、そして若かったわたしたちが目をかがやかせて、あたらしい共同体のためにたたかった運動が、日本では、単なる「ローマからのお達し」になってしまったのだ。

このようにあからさまに日本の教会批判を行ったことはなく、決定稿では削除したのではないかと思われるほどに強い調子だが、期待が大きかっただけに、期待はずれの失望も強かったのである。イタリアから帰国した須賀敦子は、日本のカトリック教会のミサ典礼における日本語の貧困さに絶望的な気持になっている。ついでながら、ヨーロッパに行くまえの須賀敦子が参加したカトリック学生連盟も、一九六〇年代の終わりに解体していた。

第二ヴァチカン公会議に須賀が寄せた期待は、先に触れた小冊子『どんぐりのたわごと』によく現れている。二百部ほどの部数で通巻十五号である。影印を見ると、活字印刷ではなく自筆の手書きである。現在は全集に収録されているので読むことができる。須賀敦子はこの小冊子を自分で編集し、日本の知人たちに送ったのである。内容は、神学的論文の翻訳や、創作、文芸作品の翻訳などさまざまだが、カトリックの信仰をより開かれたものにしようとする姿勢——それを「刷新」への姿勢と言い換えてもよい——が一貫している。第十一号では、ヨハネ二十三世教皇回勅「プリンチェプス・パストルム」の一部を訳載している。第二ヴァチカン公会議に関するかなりの分量のオランダ司教団教書を訳出したのが終刊号であるのは、おそらく偶然ではあるまい。第二ヴァチカン公会議が開催されることになり、カトリック教会の流れが大きく変容することを感じた須賀は、『どんぐりのたわごと』を終刊にする潮時が来たと考えたのではないかとわたしは思う。

興味深いのは、夫の死後、帰国するまでの日記、すなわち一九七一年(昭和四十六年)一月から七月までの日記を読むと、『どんぐりのたわごと』をふたたびやりたいとの記述が散見されることだ。公的で組織的な活動ではない、個人的な、しかし意義深いカトリック信徒としての文筆活動を、彼女は欲していたのである。須賀は、全体を俯瞰するかのような評論家的発言を好まないところがあった。彼女は「どんぐりのたわごと」のある号で、ジオノの『木を植えた男』を翻訳している。これは仏語から英訳されたものをさらに伊訳した書物の日本語訳である。この物語の主人公のような行為を彼女は尊いものとしていた。

作家になりたいという気持は須賀には漠然とあったろうが、いわゆる「カトリック作家」になろうという気持はなかったと思われる。カトリック信徒としての彼女には、実践的活動に対する思いの方が強かった。そこにわたしはアッシジの聖フランチェスコの影響を見る。

須賀敦子がアッシジを訪れたのは、一九五四年（昭和二十九年）春。二十五歳だった。二十八歳のシモーヌ・ヴェイユがここを訪れてから十七年後のことである。

この時の忘れ難い体験について、彼女は『聖心の使徒』一九五七年（昭和三十二年）十月号に書いている。

雨もよいのある日、サン・ダミアノを訪れた須賀敦子は、若い修道士に案内されて、キアラの小さな庭に出る。「ここで聖フランチェスコが太陽の讃歌をつくられたのだということです」と修道士が嬉しそうに告げる。

庭とは名ばかり、三方を高い石の壁にかこまれた一坪ほどの細長い空間である。一方の壁だけが腰の高さほどで終り、土が入れてあって雛ぎくとわすれな草が植わっていた。この花畑のすみには、小さな小さな水たまりがつくられていて、金魚が二匹およいでいた。壁のすぐ下は、果樹園《オルト》で、そのむこうには、ずっと下の方に、ウムブリアの野が春雨にけぶってどこまでもひろがっていた。

この小ささ、そしてこの豊けさ。一週間まえあとにしてきた勉強が、パリの美しさ全部が、私の頭の中で廻転しはじめ、淡い音をたてて消えてしまった。力づよい朝の陽光にたえられず、橙々色《だいだい》にしぼんでしまう月見草の花のように。講義、図書館、音楽会、展らん会、議論。私にとってあれはみな、幻影にしかすぎぬものなのではなかったのだろうか。私の現実は、ひょっとすると、このウムブリアの一隅の、小さな庭で、八百年もまえに、あのやさしい歌をうたった人につよくつながっているのではないだろうか。私も、うたわなければならぬのではないだろうか。

（「アッシジでのこと」）

学生時代に壮麗な教会建築の図面をトレースしていた須賀敦子は、大伽藍ではなく、慎ましい修道院の小さな庭で、深い宗教的体験を得た。そしてこれは、須賀敦子のその後の人生を大きく方向付けるものになった。それは一言でいえば、教会に叛逆してもキリストの教えを貫こうとする反骨の生き方である。

フランチェスコの創始した清貧を尊ぶ托鉢修道会は、彼の独創というわけでは必ずしもなかった。同時代には、カタリ派やヴァルド派といった、異端として退けられることとなる人々が、同じような生き方をしていたからである。須賀敦子はその点を十二分に承知していた。後年の彼女が、ジョルダーノ・ブルーノを始めとして、カトリック教会から断罪された思想家や宗教的異端についての関心を文章にしたのも、自らが、彼らの血脈を引く人間であることを認識していたからに違いない。

須賀敦子は相当量の翻訳を行ったが、上智大学中世思想研究所編訳『中世思想原典集成12　フランシスコ会学派』（平凡社、二〇〇一年）に収録されているヤコポーネ・ダ・トーディ「讃歌（ラウデ）」は、一般読者の目には最も触れる機会が少ないものではないだろうか。全集には、彼女が四十代半ば、エマウス運動に没頭している一九七七年（昭和五十二年）に書かれた「ヤコポーネ・ダ・トーディの聖母マリアに捧げる三つの讃歌」並びに、一九八三年（昭和五十八年）に書かれた「宗教詩ラウデの発展について　「太陽の讃歌」からヤコポーネにいたるまで」が収録されており、ヤコポーネが彼女にとって重要な詩人であったことがわかる。

ヤコポーネはフランシスコ会の修道士であり、ラテン語ではなくイタリア語（俗語）による多くの宗教詩を作ったことで名高い十三世紀の詩人である。「ダンテ以前のイタリアにおける、最も重要な宗教詩人といわれる」と須賀は記しているが、わたし自身はこの詩人についてもラウデという詩形式についても無知であった。なぜこのようなことを記すのかといえば、わたしは二十代に鷲巣繁男（一九一五～一九八二）というギリシア正教徒詩人にのめり込み、キリスト教的観点から、さまざまな宗教詩について教えられていたからである。鷲巣は相当数の語学に通じ、海外から書物を取り寄せては辞書を頼りに原詩を味読するという篤学の人であったが、ヤコポーネについても、ラウデについても言及したことがなかった。鷲巣が知らなかったはずはないので、深い魅力を感じなかったのが理由ではないかと思われる。

鷲巣繁男の魅力は、その長大なエッセイ群において、古今東西の詩歌を原詩とともに縦横に引用言及するところにあるが、須賀敦子におけるヤコポーネのような特別な詩人が誰かと考えたとき、わたしが思い当たったのは、東方ビザンティン正教会の司祭であった六世紀の教会詩人ロマノスであった。鷲巣繁男は、カトリック以上に典礼を重視する正教会の信徒として、リトルギア（liturgia カトリックにおけるミサ典礼）で読まれる聖歌の詩句をしばしば書物に引用した。それはたとえばトロパリ（讃詞）という四、五行の詩であり、コンタキオン（小讃詞）といわれるトロパリが続く長詩の一節であった。そして、コンタキオンの作者として聖歌者（メロドス）と称されたロマノスについて言及することが多いのである。ロマノスのコンタキオンは、八十五が現在に伝わるが、渡辺金一氏によれば、豊かな比喩表現、大胆な対立命題、演劇的高揚を駆使したものといわれる。これはギリシア古典文学の精髄が流れ込んでいるということと無関係ではないだろう。現代詩人であっても、典礼的魅力と叙事詩的高邁さを併せ持つサン・ジョン・ペルスに惹かれる鷲巣にとって、ロマノスが特別な存在であることに不思議はない（ペルスに惹かれた詩人に多田智満子がいるが、彼女はユルスナールの紹介者としても有名である。キリスト教には惹かれることのなかった多田の気質は、須賀とは異なっていた。）

鷲巣繁男にとって、ギリシア正教会で現在も詠唱される聖歌は、ビザンティン聖歌の流れを引くものであり、さらに遡ればギリシア古典文学に繫がっていくものであった。彼はギリシアの文芸と思想にも多大の関心を寄せていたが、それらが現在と無関係な別世界という認識ではなかったわけである。

さて、このようなことを頭に入れながら須賀敦子について考えてみたい。彼女がヤコポーネに興味を寄せたのは、この詩人がフランチェスコの流れを引く人物であったことがまずあげられよう。要するに、妥協を知らぬ反抗者であり刷新者なのである。彼は政争がらみで破門され、正統派から異端呼ばわりされて幽閉の憂き目に遭うのである。いかにも反骨の須賀敦子好みの詩人ではないか。また彼は、民衆の中に入り、民衆の言葉で歌う人であった。ロマノスについては、現在では家入敏光氏による翻訳『ローマノス・メロードスの賛歌』（創文社、二〇〇〇年）があるので、われわれはヤコポーネの讃歌と比較することができる。神を讃えるという点では共通しているとはいえ、その世界は異質であることが判る。

須賀敦子が「ヤコポーネ・ダ・トーディの聖母マリアに捧げる三つの賛歌」を執筆したのが、エマウス運動に打ち込んでいる時期であったことは興味深い。彼女にとって、日本のエマウス運動は、フランチェスコ的な実践行為であったとわたしは思う。そして、そうした労働の生活に、ヤコポーネが寄り添っていたのである。

定稿とした『中世思想原典集成12　フランシスコ会学派』所収の詩は、相当の改稿がなされたものである。原詩が読めないので、二つの日本語訳を比較するだけだが、須賀がこの詩の翻訳に情熱を注いだことは十分に伝わってくる。

エマウス運動から離れた後、須賀敦子は博士論文に取り組み、大学教授へと転身することとなるが、フランシスコ学派という視点を導入すると、ここにも一貫するものを見出すことができる。つまりこういうことである。清貧を唱えながらも、フランシスコ学派は書物に敬意を抱き、条件付きではあったにせよ、学問に対しても尊重する姿勢があったのである。坂口昂吉氏によれば、十二世紀末頃は、注釈付き『詩篇集』が葡萄園付別荘と交換されるほど書物が高価なものであったということで、学問をすること自体が、清貧に逆行する行為になりかねなかった。しかし、フランチェスコ自身は、反学問の言説を一切していないという。坂口氏は、これを、聖書あるいは書物一般へのフランチェスコの敬意以外の理由は考えられないと記している。学者への転身は、一見するとフランシスコ会流の清貧から逸れる道行きであったようにも見えるが、このように考えれば、生き方の転換では必ずしもなかっただろう。

ついでながら、ほとんど言及されることのない書物だが、須賀が訳したブルーノ・ムナールの絵本『太陽をかこう』（至光社、一九八四年）にも、フランチェスコの「太陽の讃歌」との遠い照応をわたしは感じないこともない。

『現代詩手帖』一九八六年（昭和六十一年）七月号に発表された「トゥルバドゥールから『神曲』

まで」は、四百字詰原稿用紙二十枚ほどの分量だが、知的刺激に満ちた特筆すべき論考である。わたしがこの論考を読んだのは初出誌ではなく全集だから、不惑を迎えていたが、文字通り目を洗われるような新鮮な感動を受けたことを記憶している。ポストモダンの浅薄な流行のなかで文学史的な見方自体が胡散臭く見られていた時代がつい一昔前のことであっただけに、作品のみをテクストとして完結した世界と見なさず、受け継がれていくなかで徐々に変容していく「愛」について情熱的に語ったこの文章はたいそう魅力的であった。最終パラグラフを引用しよう。

トゥルバドゥールに出発点をもった、西欧の俗語文学における「愛」の概念は、それに伴う詩学とともに、あるいは直接に、あるいはイタリアの同時代の文学を通して、ダンテによって受けとめられ、『新生』において内容を与えられて、抽象的なレトリック性を脱出し、さらに『神曲』において叙事詩の枠組みを得て、時間につながる存在を確保する。しかもこの時間は、「天国篇」において永遠につながれ、最後には、燃えた光のみなもとにある「愛」によって、完全に相対化される。トゥルバドゥールにおけるスタティックな「愛」は、ダンテにおいて永遠のダイナミズムを獲得するのである。その瞬間がダンテにとっては、同時に詩と詩学の完成の瞬間でもあった。ヴィジョン、すなわち人間に可能な言語を超えたところで成立する「愛」との最終的な一致という、一種の矛盾をはらんだ結末は、しかし、なんとトゥルバドゥールの「満たされることのない愛」に似ているのだろう。

極度に圧縮されているとはいえ、この文学史的展望はわたしにとっては啓示的であった。無学ゆえに、トゥルバドゥールはアルビジョワ十字軍やカタリ派と結びつき、南フランスのものという固定的イメージがあったので、イベリア半島やイタリアへの伝播、就中ダンテへの影響を考えたことがなかったからである。何種類かの邦訳を手許に置きながらも、日本語ですらなかなか根気よく精読することができずにいたダンテが、この文章を読んで一気に身近になった気がしたものだ。そして、この文章からは、須賀のダンテへの親しみ方がなみなみならぬものであることが行間から伝わってきた。パリ留学時代にすでに彼女はダンテの比較文学講義を受けているが、イタリア文学者として長年ダンテを研究してきたことは想像に難くない。後年にはダンテの講読会を研究室で行うようになり、サロンのような活気を呈していたと伝えられる。『新生』の完成後、ダンテはドミニコ会とフランシスコ会の修道院でトマス神学と教会改革運動に接触したといわれる。カトリシズムが骨格にあるとはいえ、必ずしも教会的ではないこの書物は、彼女にとって汲めども尽きぬ魅力に満ちていたに違いない。

ここでわたしは、イタリア文学者としての須賀敦子と生活者としての彼女との不一致のなさに思い当たる。

近代以降の日本の男性知識人のほとんどにあてはまることだと思われるが、書物の世界に深く分け入れば分け入るほど、日常的生活と知的生活が乖離していく傾向がある。鷲巣繁男にもそういうところがあった。彼の伝記を執筆するために調査を進めるなかで、札幌の印刷所に勤務していた詩人が、看護婦をしていた夫人の収入に生活を頼り、自身は海外から大量の書物を取り寄せては、書斎に籠もりきって、妻子ともろくに会話をしていなかったことを知った。博覧強記の人物であったが、彼にとって、書物は普通の人々を寄せ付けない城壁のようなものであったわけである。

彼の文章に散見する自己栄光化とナルシシスム。それは文学作品として悪いことでは必ずしもない。バブル経済に世の中が浮ついた一九八〇年代に二十代を送り、同時代に激しい違和感と嫌悪感を覚えていたわたしにとって、その孤高の姿勢は見習うべきものでこそあれ、非難するべきものではなかった。現在でもそのことを後悔するものではない。

ところが、わたしの場合、三十代に入り家庭を持ったときに、知的世界と生活世界との不一致に葛藤が生まれた。要するに、書物を読み原稿を書くことが、学生時代、独身時代のようには、日常の暮らしと地続きの行為とは見ることができなかったのである。家内は父親が大学教授なので、家が書物であふれることに理解があったが、子どもたちと野山を散策する明るい世界と、真夜中に書物に沈潜する暗い世界とが、わたし自身の内部で水と油のように異質と感じられてならなかった。

こうした状況は、しかし知的世界に浸る歓びを知る男性ならば、誰しもが直面することではないか。ある人は、妻子にいささかの犠牲を強いて知的生活を守り、ある人は知的生活をいくばくか諦めて、家族とともに現在の時間の充実を喜ぶのではなかろうか。結局のところ、両者のバランスの問題ということになり、いずれかの世界を行ったり来たりするのがわが国の知識層の偽りなき姿であろう。

そのような悩みを抱えていた時期に、わたしは須賀敦子に本格的に親しみ始めたのだが、彼女にとって、ダンテを読むことは暮らしと乖離した行為ではなかった。その不一致のなさに、わたしは心底驚いたのである。鷲巣繁男はホメロスを語り、ヴェルギリウスを語り、己の孤独を語ったが、友人たちについて語ることはなかった。須賀敦子はローマ文化にも造詣が深く、ヴェルギリウスもオウィディウスもホラティウスもラテン語で読んでいたが、それらについて書物のなかでほとんど語ろうとはせず、友人たちのことばかりを語り続けた。まことに対照的である。

エマウス運動に打ち込むカトリック信徒としての顔、イタリア文学者としての顔、作家としての顔、それらのいずれも密接なつながりがあり、ばらばらではない。須賀敦子にとって、「知」を生活と結びつけるものこそ、「信」すなわちカトリックの信仰であったとわたしは改めて気づいた。

学生時代、彼女はカトリック信徒の生き方について友人たちと真剣に話すことがあったが、その結論は、「キリスト教徒として精一杯生きることだ」ということであった。「決して何かを行なうことではなくて、生きることで、何よりもそうあるべきであると。」（一九六〇年ペッピーノ・リッカ宛書簡）。一九六八年（昭和四十三年）、夫の死の直後、『聖心の使徒』に寄稿した「教会と平信徒と」にも同じことが記されている。

生きることが、大切なのだと思う。生きるとは、毎日のすべての瞬間を、愛しつくしてゆくことである。それは、「現世」に目をつぶって、この世を素通りしてゆくことではない。愛するとは、人生のいとなみを通して、神の創造の仕事に参加することなのである。（中略）キリスト教徒の召命を生きるということはすなわち、神の御言葉を、すなわち、愛を、どのような逆境にあっても、もちろん、どんな楽しい時にでも、本気で信じているものとして生きることなのである。それは、だから、日常のあらゆる瞬間を、心をこめて生きることにほかならない。

「日常のあらゆる瞬間」とは、書斎で一人ヴェルギリウスやダンテを紐解く時間でもあり、休日に子どもと野原で遊ぶ時間でもある。教会でミサに与る時間でもあり、友人たちとレストランで食事をする時間でもある。生活を「心をこめて生きる」ことができなければ、知性の燃焼も空虚なものとなるほかあるまい。

これは須賀敦子の生涯を貫くモットーとなったが、それにしても、この思想を、須賀敦子はどこで学んだのであろうか。シモーヌ・ヴェイユからであろうか。わたしは書物からではないような気がする。戦時中の迫害を乗り越えた修道女たちの目の前の姿から学んだのではないだろうか。

理想で結びついた人間関係、抵抗のための人間的つながり――それらは官僚的な縦の関係ではなく、共同戦線的な横の関係である――を須賀敦子は求めた。その「共同体」は、行政組織のように、一度作り上げればそれ自体で存続していくというものではない。「あらゆる瞬間を、心をこめて生き」なければ、たちどころに瓦解してしまうものであった。彼女が求め続けた、そのような、新しい「共同体」は、しかし人生のあらゆる瞬間、あらゆる場所に、幻のように出現し、次の瞬間には消え去るものだったのではないだろうか。須賀はおそらく、人々の対話のなかに、協同のなかにこそ聖霊が働いているということを意識していた。われわれの死に場所は、イタリアでも日本でもどこでもよい。それは土地の問題ではないのだ。究極のところ、われわれは親しい人々との関係の中に死んでいくのである。須賀敦子の影を追ってミラノやヴェネツィアを訪ねることに、だからわたしは興味を持たない。彼女が残したものは、われわれが今自分のいる場所で、心をこめて生きよということなのだから。

死の二年前、須賀は知人に電話で「もう教会には行かない、ミサにも行かない」と語ったという。この言葉の深意は不明だが、地上の制度的教会に対する言いようのない無力感と、リトルギア（集団儀礼）がもはや人々を結びつける時代は去ったという思いが彼女のこころには兆していたのかもしれない。

ここにおいて、わたしはふたたびフランシスコ会の霊性に思いを致さずにはいられない。イタリアの預言的歴史神学者として名高いフィオーレのヨアキムは、そもそもはシトー会の修道士だが、独自の黙示録的歴史神学を構築した。ヨアキムは、父の時代、子の時代、聖霊の時代と人類の歴史を区分した。父の時代は律法が支配する旧約の時代であり、子の時代は恩寵が支配する新約の時代である。そして聖霊の時代とは、可視的な制度的教会が解体し、ミュステリオン（秘蹟）も意味を失い、霊的修道士が人々を指導するとしたのであった。ヨアキムのこの思想は、第四ラテラノ公会議で異端と断罪されたにもかかわらず、須賀敦子が愛したヤコポーネ・ダ・トーディも所属したフランシスコ会厳格派に流れ込み、フランシスコ会学派の創始者ボナヴェントゥラにも大きな影響を与えている。一つの時代は千二百六十年とされたから、十三世紀のフランシスコ会修道士たちは、自分たちこそ、霊的時代の指導者の先駆けであると自負したのである。フランシスコ会という修道会は、フランチェスコを始めとして、必ずしも穏健篤実な改革派であったわけではない。

自らをどんぐりに喩えた須賀敦子は、自らを小さき者と位置づけたフランチェスコと似ている。フランシスコ会の正式名称は「小さき兄弟会」という。「どんぐりのたわごと」が「どんぐりたちのたわごと」になるとき、すなわち小さな者たちの共同体が、あらゆる瞬間あらゆる場所に出現するとき、われわれは神とともにいるのではないだろうか。……

現代イタリアのフランシスコ会について、須賀は辛辣な言葉を日記に記しているが、現実の可視的教会にどれほど失望しようとも、キリスト教の未来については希望を捨てなかったはずだ。カトリックの歴史は、初代教会以来、度重なる苦悩と刷新の歴史でもあったのだから。

一九九八年（平成十年）三月二日、須賀敦子は入院先の国立国際医療センターの一室で、聖イグナチオ教会のベニーノ神父から終油の秘蹟を受けた。一月頃からときどき意識が遠のくことがあったという。秘蹟を受けた翌日から意識不明となり、二週間後に帰天した。聖イグナチオ教会での葬儀の日、五百人の参列者が集う教会周辺は、咲き誇る満開の桜に彩られていた。

シモーヌ・ヴェイユは、聖フランチェスコについて、彼の生涯全部がいわば生きた完全な詩だったと記したが、この言葉はそのまま須賀敦子にもあてはまるのではないだろうか。

犬養道子

——信徒神学を生きる

須賀敦子と犬養道子（いぬかい・みちこ）には八歳の年齢差がある。昭和の歴史を考えるときに、この八歳の年齢差は大きい。ことにキリスト教との関係を考えるときに、この年齢差を無視することはできない。犬養はキリスト教が禁圧されていた戦時中にカトリックの洗礼を受けているのである。須賀も反骨の人であったが、犬養道子もまた気骨のある日本女性である。

犬養道子は五・一五事件で青年将校により暗殺された内閣総理大臣木堂犬養毅の孫として、また白樺派の影響下に作家として出発した後に政界入りし、戦後法務大臣を務めた犬養健の長女として、一九二一年（大正十年）東京に生まれた。

幼いころ、年末になると母親に連れられて「孤児院」を訪ねた。お土産を持っていくのだが、それはいつでも彼女が大切にしている人形や玩具であった。「自分のいらないものを人さまにあげても、差し上げたことにはならないのよ」「人の役に立ちたいと思うなら、自分も少しは痛い目にあわないと」と母はいった（『朝日新聞』二〇〇三年一月二十日夕刊）。書物の多い家庭に育ったが、就学前から書物の世界に魅了された彼女は、五歳のときに、学校で習うのはもうじきだからという母親に「いいえ、いますぐ学校にゆく」と言い張って困らせたという。五十年後、プノンペンの難民キャンプでカンボジア人の一少女に「学校につれていってください」と自分自身が懇願されることになる（『飢餓と難民』岩波ブックレット、一九八八年）とは、もちろん知る由もなかった。

女子学習院から津田英学塾に進んだ。一九四四年(昭和十九年)十二月、アメリカ軍による東京空襲の時期に、上智学院のロゲンドルフ神父から洗礼を受けた。これは彼女にとって、人間に与えられた「選択」する能力――それは「善」のみならず「悪」も――について深く考える機会となった。犬養は修道女となることを選択せず、生涯を一信徒として生きてきたが、長い人生のなかでは――特にコンガールの「信徒神学」と出会うまでは――迷いも苦しみもあったことが想像される。洗礼を授けたロゲンドルフ神父は、彼女の職業選択の相談については「それは、イエズスさまの前であなたがきめることです」ときっぱりと断言していた(『生ける石信徒神学』南窓社、一九八四年)。

敗戦後三年目の一九四八年(昭和二十三年)にボストンに渡った。ロゲンドルフ神父から、この戦争を「生きのびたら」オランダにあるグレイル(インターナショナル・カトリック信徒トレーニングセンター)に行けと言われていたからである。海外に留学したいという希望は、祖父が暗殺されたころから胸に抱いていた。オランダに直行するためには官費留学生試験をパスするか私費留学をしなければならない。試験に合格する自信はなく、親の世話にも一切なりたくなかった彼女は、無試験の奨学金制度を利用してまずアメリカに渡り、それからオランダに行く計画を立てたのであった。アメリカで肺結核にかかるが帰国は選択せずカトリック系の療養所に入る。院内ではロザリオの製作販売で入院費用を稼ぐなど、サヴァイヴァルするための彼女の創意工夫と熱意、実行力には驚くべきものがある。

アメリカからオランダに渡ったのは一九五二年（昭和二十七年）のことである。アムステルダムに本部のあるグレイルは、二十以上もの国から三十六人が寄宿生活を送りながら二年間かけて「信徒」として生きるための徹底的な訓練を受ける場所であった。基礎神学、基礎聖書学の勉学はいうまでもないが、世界各地で職業人（医師、看護婦、教師など）の資格を取得するための勉学、そしてどのような土地であっても順応できるための訓練もあった。たとえば、一日何も食事をとらずに働く、といったものである。アムステルダムで一年、フォゲレンザングで一年を送った。犬養はネーデルランド放送局の仕事をしながら、ここで洗濯係として働いたのである。

ミュンヘン大学でガルディニの講演を聴いたとき、低い声は聞き取りにくく、聴衆の中には隣同士で囁きあったりする者もいたのだが、古代教父らの引用がラテン語で始まった途端に、学生たちが一斉にノートをとるためのペンを取り上げて犬養を驚かせた。その後彼女はヨーロッパ各地を訪れることになるが、どの土地でも教会の終課の祈りに出かけ、そこでラテン語で唱和するたびに「未知の人々のさなかでも自分はよそものではないという安心感」を感じ取ったのであった。第二ヴァチカン公会議以前ならではの話である。

さて、グレイルでの二年間の訓練を終えた彼女は、一九五四年（昭和二十九年）、パリ・カトリック大学神学聖書部に東洋人女性信徒第一号として入学し、キリスト教に関する勉学をさらに深めることになる。それは大学での勉学に加え、教会建築や教会美術を実際に見て歩くことも意味していた。エミール・マールの浩瀚な書籍などは、貧乏学生には手が出なかったからである。

初年度の初夏、犬養は第一次大戦後から始まった、パリ大学とパリ・カトリック大学生たちのシャルトル巡礼に参加している。一万人を超える学生たちが学部ごとに旗を立て、互いに議論を交わしながら、中世の巡礼たちと同じように、数日間かけてシャルトルを目指すのである。この年の巡礼の先頭で十字架を担いで歩いたのは物理科学部で原子核を研究する学生であったという。二日間歩きつづけて、ようやく麦畑の彼方にシャルトルの鐘楼の突端が姿を現すと、どよめきが起きる。ようやく到着したときに、学生たちが自然に大地にひざまずいた光景を、犬養は現在でも忘れることができない。班長だったダニエルー神父がこのときにいった言葉を彼女は印象深く記憶した。「見てごらん、この伽藍を。見てごらん、伽藍をつくる何万何十万個かの小さな石、かくれている石、大きな石、みごとな石を。（中略）生ける石とは信ずる者、君たちひとりひとりなのだよ」。犬養の信徒神学入門書のタイトル「生ける石」は、ここに由来するのである（『聖書を旅する』第六巻「美術工芸と聖書」）。神の前に、自分ひとりだけで行こうとはしない犬養道子の基本姿勢は、このときに養われたのではないかと思われる。この時期に須賀敦子もパリにいて、同じ巡礼に参加していたことは前章で述べた。須賀はあまりに主知的なパリの空気になじめないままひとたび帰国することとなる。

さて、オランダのグレイルとの関係はパリにいた当時も存続していた。この時期すでに犬養は文筆の世界で生きることに己の信徒としてのヴォカチオ（召命）を見出していたが、オランダの組織は寄付金と後援会費により使徒的活動を支えているという点で、経済的独立性に欠けていたこと、また、信徒の使徒的活動の神学的根拠（信徒神学）が当時はまだ不十分であったこととの二点から、犬養は「苦悩と悲哀の限りを味わいつつ」（『生ける石　信徒神学』）グレイルと袂を分かち帰国した。一九五七年（昭和三十二年）のことである。

NHKの解説委員となった同年『お嬢さん放浪記』（中央公論社）で文筆家としても出発した。この書物は、タイトルこそ軽薄だが、躍動する文章の行間に一本筋の通った著者の人柄が溢れる良書である。

その後一九六四年（昭和三十九年）から一年間、ハーバード大学ラドクリフ研究室で研究生活を送った。一応の文化水準に達した人々が未知の土地で築いた「実験の地」アメリカ。それを知るためには、七世紀のイギリス村落について知る必要があることに彼女は気が付く。アメリカにあって彼女はイギリスを研究することになった。そしてまたアメリカと異なり広大な土地もないのに民主主義をつくり守っている国スイスの歴史を知ることが有益であるという室長の助言が後に犬養をスイス研究に赴かせることとなった。『私のスイス』(中央公論社、一九八二年)は、現在でも政治的中立国スイスに関する良き手引きである。

アメリカから帰国して五年後、犬養は『花々と星々と』(中央公論社、一九六九年)を発表する。昭和のはじめ、幼少の日々を少女の視点で描いたこの作品は、作家としての彼女の最高峰である。第一章で、著者は陶器でできた大切な人形を毀してしまった幼い日のできごとを回想している。六歳の少女は、時間を戻せば良いと考え、周囲の大人たちにお願いしたあげく、「全能者」の父の書斎に飛び込む。訴えを理解した父は、著者を優しく膝に抱き、それは自分にもできないことだと告げる。少女は生まれて初めて「時と言うもののののっぴきならなさを、遍在を、刻一刻の一回性を、時の中で行われる人間の行為の一回性を、おののきとともに悟った」。父と幼い娘は、長い時間抱き合ったままでいた。このような印象深い魅惑的な挿話で幕を開けるこの書物は、五・一五事件に至る犬養家の日常の細部が生き生きと語られるという魅力もさることながら、文学的な「深さ」の感覚にみちあふれた傑作である。

この作品を発表した同じ年に、犬養は『旧約聖書物語』(中央公論社)も刊行している。津田塾時代に彼女は英語版聖書を購入したが、当時は数ページしか読むことができなかったという。ところがオランダ時代に、旧約学者である老司祭の講座に半ば義理で出席したことがきっかけとなり、ヨーロッパ文明というものの根底に潜む歴史について目を見開かされたのであった。

彼女は十七年かけて「アマチュア」としてこの書物を書いたが、この仕事にはある種の使命感がうかがわれる。

七年後、彼女は『新約聖書物語』（中央公論社）を著すが、己の未熟を痛感しながらも「これを書くためにこそ生きて来た」と思いながら執筆したという。この二冊は現在でも版を重ねているロングセラーである。『新約聖書物語』を刊行した年に、『ある歴史の娘』（中央公論社）も発表しているが、五十代を前に、彼女は人生の分水嶺に立っていたように思われる。それは個人的歴史の回想という文学的活動を終結し、カトリック信徒として著作活動と実践活動を展開するために人生を使うという生き方の選択である。

われわれは現在『聖書を旅する』全十巻（中央公論社、一九九五〜二〇〇三年）を手にしている。これは、わが国の文学者の著作として余人の追随を許さぬ内容の拡がりをもつものだが、その出発点にあるのが、聖書に関するこれら二冊の書物なのである。この仕事と並行して執筆された『私のヨーロッパ』（新潮社、一九七二年）で、犬養は現在のヨーロッパ社会に毛細血管のように行き渡っているキリスト教について詳細に語っているが、煙草の「分煙」や、不治の病の「告知」など、その後わが国でも問題となるさまざまな社会的トピックについても触れていて驚かされる。

さて、一九七九年（昭和五十四年）という年は、犬養にとって特別な年となった。彼女が難民問題に関わることとなった年だからである。パリの各教会から続々と難民キャンプ入りする人々を見たことがきっかけで、自身もタイ国内にあるカンボジア難民収容施設に飛んだのである。彼女の言葉を借りれば、さながら綺麗な絨毯の裏に縺れる糸のように、世界史の裏に常に存在した「難民」と出会ったのがこの時であった。『人間の大地』（中央公論社、一九八三年）『乾く大地』（中央公論社、一八八九年）は、文学的作物ではないが、考えようによっては彼女の著作のなかで最も重要なものかもしれない。聖書を本当の意味での、日々の糧とするようになったのは、難民キャンプでの生活のただなかであったと彼女は語っている。

「難民問題」は遠い外国の話であろうか。否、身近に「乾く人」を見出して、自分にも何かできるのではないかと本気で考えはじめたとき、「逆説的に」視野は世界大に見開かれ、それまで遠い場所のできごととしか思えなかったさまざまなことがらが自分のこととして見えてくるのだと彼女はいう。これはおそらく真理である。またこれは、優れた文学がもたらす視野の拡大と重なりあうものがあろう。

コンガール（一九〇四〜一九九五）の『信徒神学概要』（一九五三年）との出会いがそのきっかけであったようだ。犬養はこの書物に震撼したことから、パリに行きコンガールの直接の教えを受けるのである。『生ける石　信徒神学』（南窓社、一九八四年）は彼女が五年間かけて執筆した信徒神学入門書である。彼女のカトリシズム関連の著作としては、この書物が、教皇ヨハネ二十三世の伝記『和解への人』（岩波ブックレット、一九九〇年）とともに重要である。専門書についてはよくわからないが、管見の限りでは、信徒神学に関する一般書は、この本が刊行されて二十年が経つ現在でも類書がない。

犬養がコンガールに出会ったときの衝撃は理解できる。彼女は若いころから、作家になりたい、文学者として生きたいと考えていた人ではない。『花々と星々と』はすぐれた文学作品だが、彼女が本当にやりたかった仕事は、市井に生きるひとりのカトリック信徒として、文筆の世界で生きることであったからである。その意味で、『生ける石　信徒神学』のなかでする次の指摘は重要である。すなわち「もし信徒たるこちらの方が、解釈・注解や表現などの知的分野と知識学問の領域で、またそれらの根本的基礎をなす人文領域の教養において、あるいは知的経験で、すぐれているカリスマを頂いている、と正直に神のみまえにみとめるときは、その持つ知識学問や経験を、兄弟たる司教・司祭たちに、また信徒の兄弟姉妹に、分けねばならぬ」（第五章　信徒ヴォカチオ）。

犬養には、「日本人にとってキリスト教とは何か」あるいは「日本人の心情にあったキリスト教」という問題は深刻なことがらではない。むしろ、彼女にとっては「現在におけるキリスト教とは何か」という問題意識の方が緊急性が高い。これは岩下壮一がかつて抱いていた思いとおそらくは等しい。そして、第二ヴァチカン公会議以後に生きる信徒として、彼女には信徒神学を日本に伝えるということがらこそ最重要と思われたのである。そこから、日本社会における自由闊達な議論習慣の欠如が大きな問題として浮上してくる。多種多様な意見が自由に交換されるなかにこそ、聖霊が働くからである。

二〇〇一年（平成十三年）から彼女は介護が必要な体になり（第一級身体障害者）施設に入ったが、ライフワークである『聖書を旅する』は執筆が続けられ、二年後に全十巻の配本が完結した。還暦以降に犬養は重要な著作を数多く上梓しているが、どの書物にも切迫したものが感じられる。彼女はストップウォッチを使って資料を素早く読み込む能力を養った人だが、残された時間と書くべき書物とを考えた末に、彼女は、それまでの著作にあった文学的な文章の彫琢を潔く犠牲にすることを選択したように思われる。

それにしても、犬養が女性雑誌を活動の舞台として文章を書いてきたことは貴重なことであった。『聖書を旅する』第一巻「古代史の流れ　旧約聖書」は、シリーズ中最も大部な著作だが、これは中央公論社の日本版『マリ・クレール』に一九九二年（平成四年）二月号から一九九三年（平成五年）五月号まで連載されたものが基になっている。内容的には、一九八八年（昭和六十三年）に行った聖書セミナーの記録を大幅に書き換えたものだが、旧約聖書学者の司祭柊暁生が監修をしている。大判でアート紙を使用した誌面は図版がすばらしい視覚的効果をあげていた。

日本版『マリ・クレール』は、文芸雑誌『海』で敏腕をふるった安原顕が関わった女性誌であり、芸術文化の面でも高水準の記事を掲載することで一時代を画した。連載の担当編集者は二十年来の知己白井和彦であり、犬養はここで十分に筆をふるうことができた。「マリ・クレール」を支持し、犬養の連載を読んだ女性たちは、一九六〇年（昭和三十五年）前後から一九七〇年（昭和四十五年）前後に生まれた世代と思われる。彼女たちがどのようにこの精神的遺産を受けとめたのかは、また興味をそそられる事柄である。

『聖書を旅する』第八巻は「日本的心情と聖書」と題する。シリーズ刊行当初は「聖書と佛教思想」となる計画であったが、犬養は比較宗教史的内容とすることは自分の任ではないと考え直したのであろう、古事記と万葉集をとりあげて、文学者としての立場から日本的心情の原型を探り、聖書との響き合いの可能性について論究している。古事記と万葉集という書物をとりあげたのは、それらが最も彼女が親しんできた古典だからである。これは誠実で賢明な方法選択というべきであるが、彼女はむしろ、そうした文献学的手法によるよりは、国際社会における日本人の言動分析から日本的心情を浮き彫りにするという方法を採った方が、さらに生彩に富む説得的記述と洞見の提示を行うことができたのではないかとわたしは思う。

これに対して「歌う人、祈る人」と題する同シリーズ第九巻は、犬養でなければ書けない優れた著作である。詩篇中の「呪いの歌」（一三七番）の最後の五行「娘バビロンよ、破壊者よ／

いかに幸いなことか／お前がわたしたちにした仕打ちを／お前に仕返す者は。／お前の幼子を捕えて岩にたたきつける者は。」を読むとき、彼女はそこにバルカン半島内戦時に目撃した光景を重ね合わせる。それは、セルビア兵がボスニア・イスラム教徒の子供たちの両脚を持ち、橋桁などにたたきつけて殺した際に飛散した脳漿の光景である。三千年前の「最下層の苦役奴隷」の歌を読むときには、アフリカから「積荷」としてアメリカに運ばれてくる奴隷たちの歌声を重ね合わせる。このような読み方こそ犬養道子の真骨頂というべきであろう。詩篇において古代と現代が時空を超えて響きあう。ともすれば遠い世界としか思うことができない旧約聖書の世界を一挙に現代に直結する手腕には驚かされるばかりである。

しかし、犬養道子は、文学者としてよりも、日本国内はいうに及ばず、世界を飛び回る行動の人として有名である。彼女が講演会で説くのは信仰ではなく、世界各地に現存する紛争から目を背けないことの大切さである。日本のジャーナリズムにおける文学者の概念からはみ出すものが彼女にはある。彼女にふさわしい肩書きを、われわれは持たない。それは彼女が「国境線を越えること」を生きるモットーとしてきたこととおそらく無関係ではない。わが国のジャーナリズムは、彼女の文学的達成を正当に評価することができないでいる。

一九八六年（昭和六十一年）、犬養は、『人間の大地』などの印税により、難民・戦災孤児対象の奨学金組織「犬養基金」を設立した。この基金は卒業後の就職まで世話をするという。

二十年間に千二百名が大学進学を果たした。「犬養基金」は二〇〇〇年（平成十二年）に「犬養基金インターナショナル・ファンド」となり、現在五千名の学生がコソボ・ベオグラードなどで学んでいる。こうした活動も、彼女が一九七〇年（昭和四十五年）から一九九六年（平成八年）までは本拠地をパリに置き、世界の紛争地域を歴訪してきたことが背景にある。

一九九七年（平成九年）に帰国したのは、愛媛県松山にある聖カタリナ女子大学（二〇〇四年、聖カタリナ大学と改称）から、客員教授・学長補佐として招かれたことがきっかけである。同大学はドミニコ会の系列の学校である。熟慮の末に、犬養は帰国を決意する。後進を日本の地で育てたいと考えたからである。七十一歳になる年のことである。

犬養は、旧約聖書を重視し、旧約聖書から新約聖書への移行期、すなわち〈「約」と「約」の間〉を重視する。井上洋治が新約聖書を重視して旧約聖書を退けるのとは正反対の態度である。キリスト教作家が「私の聖書」を語るとき、それは大抵の場合、新約聖書であり、文学的な自由解釈によるエッセイなのであるが、犬養の場合は、ギリシア語、ヘブライ語の習得から始めて、専門家による学術的見解を踏まえた上で文筆家として記している点で、そうした諸家の作物とは一線を画している。

敢えて申せば、彼女のキリスト教は、井上洋治らが否定しようとした西欧キリスト教だが、それが一人の日本人女性に生き方にまで血肉化されたとき、それは否定のしようのないものとしてそこに在る。宗教間対話といい、日本人にとってのキリスト教といい、結局は、抽象的な言説のレベルではなく、どのような日本人が現実に生まれたかということではないのか。その意味で、西欧キリスト教は犬養道子という一人の日本人を生みだしたのだといって良いのではないだろうか。

犬養道子は、須賀敦子と異なり、第二ヴァチカン公会議以後のカトリック教会に対しては全幅の信頼を置く立場を堅持している。ただし、犬養は三十年間をヨーロッパで過ごし「いつでも、日本滞在マキシマムは、私にとって三ヶ月だ」(『ヨーロッパの心』岩波新書、一九九一年)といったことがある。わたしはこの言葉を看過してはならないと思う。なぜ彼女が生活の本拠地をヨーロッパに置き、日本には最大三ヶ月しかいられないのかといえば、日本にはキリスト教暦による生活のリズムがないからなのである。ヨーロッパならば、どこの街にも教会があり、鐘楼の音が聞こえる。そこではキリスト教は眼に見え、耳に聞こえる風景である。犬養の信仰を支えているのは、実はそうした具体的な生活環境なのである。この点には、改めて注意を払う必要があろう。

とはいえ、それらの事柄も含めて、教区の教会を超越し、インターネットでヴァチカンと信徒個人が直結される現在こそ、犬養道子の人生からくみ取るべき信仰の遺産は大きいとわたしは思うのである。

皇后陛下——へりくだりの詩人

皇后陛下美智子様は、一九三四年（昭和九年）東京にお生まれになり、須賀敦子と同じく聖心女子学院中等科から聖心女子大学に学ばれた方である。一九五九年（昭和三十四年）、ローマにいた須賀は、四月二十二日付けの母宛の書簡で次のように記している。

もしもあれば、皇太子御成婚の画報など送っていただきたいです。何か、帝国ホテルに泊ってゐた人々は、い、場所で行列がみられたとか、そんな様子も御知らせ下さい。
こちらでは、先週十六日、天長節と御成婚を兼ねて、ヴァチカン大使館で、レセプションがありました。イタリア大使館の方の様子はとんと知りませんが、ヴァチカンの方は、神学生さんを呼ぶ関係もあり、廣瀬さんの奥さんやらと、前の晩から泊りがけで、おすしをこしらへたり、花活けを手伝ったり。当日も、ヴァチカンのいはゆる高官連中の接待で、十人のカルディナル（枢機卿）をはじめ、二百人余りのお客さんでてんてこまひでした。……

思えば、あれからすでに半世紀近くの歳月が流れたのである。
二〇〇七年（平成十九年）春、美智子様は、欧州訪問前の記者会見で、身分を隠して一日を過ごせるとしたら何をなさりたいかという質問を受けた。美智子様は、皇后というお立場上、都内の美術館で開催中だった美術展に足を運ぶことを諦めたことがあり、このときには、透明人間のようになれたらなあ、と思われたと述べられ、もしも隠れ蓑のようなものがあれば、と続けられた。「学生のころよく通った神田や神保町の古本屋に行き、もう一度長い時間をかけて立ち読みをしてみたいと思います」。美智子様は、ときに無防備とも思われるほど素直にお気持ちを言葉にされることがある。このときも、わたしは美智子様のみこころに触れた気がしたものである。

天皇陛下との御婚約以来、美智子様は、さまざまな映像と言説によって飽くことなく語られ続けてきた。軽井沢のテニスコートでの運命的な出会いという伝説から始まる物語は、常に人々の強い関心を引きつけてきた。戦後生まれた皇室ジャーナリズムがそれに拍車をかけた。国民に親しまれる皇室という日本政府の皇室政策は、マスコミによるプロパガンダを通じて見事に成功したかに見える。

その皇后陛下が、一九九三年（平成五年）、失声症になられたことは、十数年を経た現在も記憶に生々しい。幸い、翌年になって陛下はお声を取り戻されたが、声を喪失した一個の人格が、ふたたび声を取り戻したという一連の出来事について、その後、マスコミが冷淡ともいえるほど無関心であることに、わたしは皇室ジャーナリズムの底の浅さを思わずにはいられない。彼らは、出来事の表層しか見ようとはしない。目を奪う豪奢な宝冠の方が、目に見えぬ言葉よりも大事なのだ。加えていうならば、アカデミズムは天皇皇后のイコノロジー研究や諸儀礼の人類学的研究に切り込み、近代日本国家の国民支配形態を浮き彫りにしてきたが、生身の天皇皇后両陛下に対する人間的共感は、客観性を至上原理とする近代科学の旗印の下に、頑なにこれを退けてきている。共感に基づいた批評は皆無である。距離を置いて、冷酷とも言える視線を向けるだけで、血のかよった生の声に静かに耳を傾けようとはしないのだ。

皇后陛下は、言葉を取り戻した後に、歌集『瀬音』（大東出版社、一九九七年）と講演録『橋をかける　子供時代の読書の思い出』（すえもりブックス、一九九八年）を上梓している。前者は、大東出版社社主からの熱心な慫慂、後者は国際児童図書評議会第二十六回世界大会における基調講演依頼という外部からの働きかけがあったがために実現した著書ではあるが、これは不思議なアレンジメントというべきであった。二冊の本からわたしが聴きとったのは、皇后陛下の御言葉というよりも、ひとりの女性の肉声であり、息づかいであった。その言葉は、日本政府とジャーナリズムによって営々と築かれた幻の皇后像をたちまちに解体するものであった。……

一枚の白黒写真がある。こちらをじっとみつめている七歳の少女。肩がふくらんだ黒っぽい半袖の洋服。ブラウスの丸襟が白く輝いている。彼女は帽子も手袋もつけてはいない。わたしはこの写真を、他のいかなる皇后陛下の肖像よりも愛する。それは国民を視覚から支配するために撮影されたものではない。大切な家族の肖像として写されたものだ。

詩と出会ったのは、このころのことだ。生まれて初めて詩に感動したときの体験を、美智子様——いろいろ考えた結果、このように記すこととしよう——は次のように回想している。

それは春の到来を告げる美しい歌で、日本の五七五七七の定型で書かれていました。その一首をくり返し心の中で誦していると、古来から日本人が愛し、定型としたリズムの快さの中で、言葉がキラキラと光って喜んでいるように思われました。

やがて小学生の美智子様は、自らも口語でたどたどしく短歌を作り始める。そしてこのころ、彼女はまた、悲しみとも出会っている。それは新美南吉の『でんでん虫のかなしみ』の物語を通してやってきた。「その頃、私はまだ大きな悲しみというものを知りませんでした。（中略）しかし、この話は、その後何度となく、思いがけない時に私の記憶に甦って来ました。（中略）それでも、私は、この話が決して嫌いではありませんでした」。

しかし、悲しみについては、後で触れることとしよう。

やがて国敗るるを知らず疎開地に桐の筒花ひろひゐし日よ

戦争中の疎開生活を回想した歌である。都会の裕福な家庭に生まれ育った少女にとって不自由でとまどうことが多かった毎日であったはずだが、至福の時間として当時が繰り返し回想されるのは、幾重にも厳重に警護された現在の美智子様が、野辺を自由に跳ね回り、山羊の乳を搾り、干し草を刈り、しらみのついた地元の級友と肩を組んで歩いた日々を、永遠に失われた神話的時間として、喪失の傷みとともに憶い出すからであろう。それは現在の生活のなかでも、ささやかなきっかけからふいに訪れる甘美な時でもある。

くろく熟《う》れし桑の実われの手に置きて疎開《そかい》の日日を君は語らす

東京からたまにやってくる父親が買ってきてくれる本が何よりも嬉しく、惜しみ惜しみ読んだという。手許にある僅かな本のなかに、日本の神話伝説の本があり、これは特別なものとなった。現在に至るまでも忘れられない物語があったからである。

年代の確定出来ない、六世紀以前の一人の皇子の物語です。倭建御子《やまとたけるのみこ》と呼ばれるこの皇子は、父天皇の命を受け、遠隔の反乱の地に赴いては、これを平定して凱旋するのですが、あたかもその皇子の力を恐れているかのように、天皇は新たな任務を命じ、皇子に平穏な休息を与えません。悲しい心を抱き、皇子は結局はこれが最後となる遠征に出かけます。途中、海が荒れ、皇子の船は航路を閉ざされます。この時、付き添っていた后、弟橘比売命《おとたちばなひめのみこと》は、自分が海に入り海神のいかりを鎮めるので、皇子はその使命を遂行し覆奏してほしい、と云い入水し、皇子の船を目的地に向かわせます。この時、弟橘は、美しい別れの歌を歌います。

さねさし相武《さがむ》の小野《をの》に燃ゆる火の火中《ほなか》に立ちて問ひし君はも

このしばらく前、建《たける》と弟橘《おとたちばな》とは、広い枯れ野を通っていた時に、敵の謀《はかりごと》に会って草に火を放たれ、燃える火に追われて逃げまどい、九死に一生を得たのでした。弟橘の歌は、「あの時、燃えさかる火の中で、私の安否を気遣って下さった君よ」という、危急の折に皇子の示した、優しい庇護の気遣いに対する感謝の気持を歌ったものです。

悲しい「いけにえ」の物語は、それまでも幾つかは知っていました。しかし、この物語の犠牲は、少し違っていました。弟橘の言動には、何と表現したらよいか、建と任務を分かち合うような、どこか意志的なものが感じられ、弟橘の歌は（中略）あまりにも美しいものに思われました。「いけにえ」という酷《むご》い運命を、進んで受け入れながら、恐らくはこれまでの人生で最も愛と感謝に満たされた瞬間の思い出を歌っていることに、感銘という以上に、強い衝撃を受けました。はっきりとした言葉にならないまでも、愛と犠牲という二つのものが、私の中で最も近いものとして、むしろ一つのものとして感じられた、不思議な経験であったと思います。

この物語は、その美しさの故に私を深くひきつけましたが、同時に、説明のつかない不安感で威圧するものでもありました。（中略）今思うと、それは愛というものが、時として過酷な形をとるものなのかも知れないという、やはり先に述べた愛と犠牲の不可分性への、恐れであり、畏怖《いふ》であったように思います。

（『橋をかける』）

少女時代の美智子様は、この物語が与える「よく分からない息苦しさが、物語の中の水に沈むというイメージと共に押し寄せて来て」しばらくの間、悩まされたという。小学校の卒業式写真には、頭の後ろで左右に髪を結んだ真面目そうな少女が写っている。この少女のこころのなかで、すでにこのような愛と犠牲の神話が、畏怖をともなって生きていたのである。

ところで、この文章を読んで、一九九一年（平成三年）に山形県に天皇皇后両陛下がお召しになった際に発煙筒が投げつけられた事件を想起したのはわたしだけであろうか。このとき、皇后陛下はとっさに自分の体で天皇陛下をかばわれたのであった。翌年の誕生日に、このときの気持ちを記者から訊ねられた皇后陛下は、文書回答を空白とされた。これは過去の記者解答で無答とした唯一のものである。けれども、このときの美智子皇后陛下の行動は、意志的で美しく、愛と犠牲という二つのものが一つのものとして感じられはしないだろうか。

さて、神話伝説への興味はその後も美智子様から失われず、職務上、異国を知ろうとするときに、まずその国の物語を知ろうとするところとなった。美智子様にとって「フィンランドとは第一にカレワラの国であり、アイルランドはオシーンやリヤの子供達の国、インドはラマヤナやジャータカの国、メキシコはポポル・ブフの国」なのである。源泉に触れようとするこの態度は、各種の統計によってまずその国を理解しようとする政治家や学者の態度とどれほど異なっていることであろう。美智子様には、底の底へと限りなく下降していこうとする明らかな傾向がある。神話や社会の底辺の人々への親近感や、悲しみという感情の深部への没入に、それはうかがわれよう。

さきに触れた「でんでん虫のかなしみ」の話は、自らの子供時代の読書体験を語った著書『橋をかける　子供時代の読書の思い出』の冒頭に記された記憶である（この本の表紙カヴァーには風になびく美しい草原が描かれている。これを眺めていると、美智子様が少女時代に見た疎開先の草原や、皇太子妃時代に訪れた那須の草原、あるいは海外訪問した時のエチオピアの草原などが重なって見えてくる。また中扉には、一本の麦がシンボリックに印刷されていて、さまざまな思いにわたしを誘う）。

この本は、全体を通じて悲しみという語がおびただしく記されている印象があり、わたしは驚くのである。悲しみという言葉は、この詩人にとって、いかなる文学者にも増して特別な鍵の言葉である。そしてこれは、皇室ジャーナリズムが意識的に触れまいとするところである。思えば、美智子様は、自らの個人的悲しみについては一切歌に詠まれていないのである。悲しみは常に他者の悲しみへの共感として作品化されている。個人的な嘆きは、皇后という社会的立場上、固く封印されているのである。

吾子《わこ》遠く置き来《こ》し旅の母の日に母なき子らの歌ひくれし歌
かく濡れて遺族らと祈る更にさらにひたぬれて君ら逝《ゆ》き給ひしか
ラーゲルに帰国のしらせ待つ春の早蕨《さわらび》は羊歯《しだ》になりて過ぎしと
めしひつつ住む人多きこの園に風運びこよ木の香《か》花の香

自身の歓びは、さまざまな歌に詠まれているが、子供たちを主題にしたものが多い。

含《ふふ》む乳《ち》の真白《ましろ》きにごり溢れいづ子の紅《くれなゐ》の唇生きて
少年の声にものいふ子となりてほのかに土の香も持ちかへる

病《や》めば子のひそみてこもる部屋ぬちに甘ずき花のかをる夕暮
窓を開き高原《かうげん》の木木は光るといふ幼《をさな》の頬のうぶ毛のひかり
長き夜《よ》の学び進むは楽しとぞ宣《の》りし子の言葉抱《いだ》きて寝《い》ぬる
婚約のととのひし子が晴れやかに梅林《ばいりん》にそふ坂登り来る

折々に詠まれたこれらの歌は、どれもすばらしい。皇太子成人の際に詠まれた長歌を紹介しておこう。日本語の古体詩と儀礼が、現代の日本にあっては、ただ皇室にのみ生きた形で残されていることがわかる。

いのち得てかの如月《きさらぎ》の　夕《ゆふべ》しもこの世に生《あ》れしみどりごの　二十年《はたとせ》を経て　今ここに
初《うひ》に冠《かうぶ》る浅黄《あさぎ》なる童《わらは》の服に　童かむる空頂黒幘《くうちやうこくさく》　そのかざし解き放たれて　新《あら》たなる
黒き冠《かがふり》　頂にしかとし置かれ　白き懸緒《かけを》かむりを降《くだ》り　若き頬伝ひつたひて　顎《あぎと》の下
堅く結ばれ　その白き懸緒《かけを》の余《あまり》　音さやにさやに絶たれぬ
はたとせを過ぎし日となし　幼日《をさなび》を過去とは為《な》して　心ただに清らに明《あ》かく
この日よりたどり歩《あゆ》まむ
御祖《みおや》みな歩み給ひし　真直《ますぐ》なる大きなる道　成年の皇子《みこ》とし生くる　この道に今し

立たす吾子《わこ》はや

反　歌

音さやに懸緒《かけを》截《き》られし子の立てばはろけく遠しかの如月《きさらぎ》は

子供を詠んだ名歌の数々は、皇太子の結婚を祝した次の歌できわまる。

たづさへて登りゆきませ山はいま木木青葉してさやけくあらむ

全体に満ち充ちた堂々としたのびやかさ、明るさ、充足した感覚には、五月の光のような爽やかさがある。

一九九二年（平成四年）に詠まれた次の歌は、初孫を歌ったものと思われるが、描かれた光景はほとんど神話的な輝きを放っているように思われる。

春の光溢るる野辺の柔かき草生《くさふ》の上にみどり児を置く

大地に仰向けに横たわって微笑むみどり児。そよぐ風とふりそそぐ光。世界は完璧で、何ひとつ欠けたところがない。しかしながら、このような想像力は、すでに一九六二年（昭和三十七年）、二十代のときの作品にも現れていた。

いづくより満ち来しものか紺青《こんじやう》の空埋《うづ》め春の光のうしほ

この歌をわたしは酷愛する。一読して忘れがたい作品である。ここには、詩人と世界との、ほとんど神秘主義的ともいうべき交感が歌われているように思う。
また、次のような作品は、生と死を自在に行き来する詩人の想像力が生み出した驚くべき幻視である。

彼岸花咲ける間《あはひ》の道をゆく行《ゆ》き極《きは》まれば母に会ふらし

さて、皇后即位以後の美智子様の折々の言葉を読んで改めて思うのは、国際親善などの具体的行動ではなく、存在そのものとしての祈りが皇后の本質であると美智子様が自覚しておられることである。「王室や皇室の役割は、絶えず移り変わる社会の中にあって、変わらぬ立場から、長期的に継続的に物事の経緯《ゆくたて》を見守り、すべてがそのあるべき姿にあるようにと祈り続けることではないかと考えてまいりました」（一九九八年五月十二日、宮殿　英国・デンマーク国訪問前記者会見回答）。

美智子様の祈りの原像としてあるのが聖心女子大学在学中に目にした名も知らぬ修道女たちの姿にあるというのはわたしの空想であろうか。両親はさほど熱心な信者ではなく、大学側からの洗礼の勧めも拒否したと、皇室ジャーナリズムはわざわざ強調して記しているが、カトリックの家庭に生まれ、カトリックの学校で教育を受けた美智子様にとって、修道女の祈りの姿がその原像であったとしても不自然とはいえないのではないだろうか。須賀敦子は日記のなかで次のように記している。

修道者に本気で育てられたものにとって、この精神は、消えない烙印を生涯その生き方のすみずみにまで残すようだ。……戦争で、修道生活を、宗教を守り通すことによって、殆んど死ぬか生きるかの選択をせまられた人びとが私を教育した時期があったという事は、身ぶるいするほどありがたいことで、しかも私に大きな家族の人たちのものの考え方を身につけさせてくれた。

（一九七一年四月二十二日）

確かに、須賀も皇后陛下も、迫害の時代を生き延びた修道女たちに直接教えを受けた世代である。誰であれ、若いときに受けた感化は精神の奥深いところに刻印されているものである。また、ここで美智子様の宗教性豊かな童話『はじめてのやまのぼり』（至光社、一九九一年）を思い起こす読者もいることであろう。主人公の少女は兄に導かれてはじめての山のぼりをする。ついに最後まで姿を現すことのない羚羊から見つめられていると思いながら、少女は山にのぼり、おにぎりを一つ置いて下山する。童話のなかで、羚羊（ニホンカモシカ）は、わたしが偏愛する大型哺乳類だが、日本の霊獣といってよい。姿を見せぬ羚羊は、ほとんど天使を思わせる存在として描かれている。

わたしはおそらく間違っているのであろう。けれども、美智子様の祈りの根底にあるのが、悲しみの底で人々とつながろうとする静かな意志であるとは言いうるであろう。

慰霊地は今安らかに水をたたふ如何《いか》ばかり君ら水を欲《ほ》りけむ
いかばかり難《かた》かりにけむたづさへて君ら歩みし五十年《いそとせ》の道
嘆かひし後の眼《まなこ》の冴えざえと澄みゐし人ら何方《いづかた》に住む

はじめの歌は硫黄島を、次の歌は戦後五十年の遺族を、最後の歌は阪神淡路大震災後三年目に詠んだものである。そして、悲しみは戦死者への鎮魂に極まる。

海陸《うみくが》のいづへを知らず姿なきあまたの御霊《みたま》国護《まも》るらむ

一九九六年（平成八年）の終戦記念日に詠まれたこの歌は、個人的な詠嘆ではなく、天皇家の一員として民族霊を鎮めるための呪言であり、皇后陛下そのひとにしか詠み得ないものである。悲しみの極みが三十一文字に結晶し、犯しがたい威厳を湛えている。

とはいえ、美智子様は悲しみだけで人々とつながるばかりではない。生の肯定、この世に生きて人々とともに在ることの幸福を、具体的行為で示されたことがある。

一九九八年（平成十年）、長野パラリンピック冬季競技大会において、天皇陛下とともに貴賓席におられた美智子様は、不思議な波が観客席から生まれては巡り、自分たちの少し前まで来ては消えるのに気づいた。波が次々に生まれては自分のところで死んでいく。貴賓席の左側の席にいる子供たちが心配そうに見ていた。美智子様は何とかしてこれを繋げればならないと思い、天皇陛下の許可を得て、次に来たときに思い切って両手を掲げた。不思議な波は無事に観客席を半周し、向かい側の吹奏楽団の生徒たちがチューバやホルンを抱えたまま飛び上がるようにして波を繋げた。その姿が可愛らしく、もっと見たくて、美智子様は何回も何回も不思議な波に加わったのである。

ここで思い起こされるのは、美智子様にとって重要な、橋を架けるというイメージである。

生まれて以来、人は自分と周囲との間に、一つ一つ橋をかけ、人とも、物ともつながりを深め、それを自分の世界として生きています。この橋がかからなかったり、かけても橋としての機能を果たさなかったり、時として橋をかける意志を失った時、人は孤立し、平和を失います。この橋は外に向かうだけでなく、内にも向かい、自分と自分自身との間にも絶えずかけ続けられ、本当の自分を発見し、自己の確立をうながしていくように思います。

（『橋をかける』）

観客席を埋め尽くす何千という人々がつくりだす不思議な波、それは小さな橋の連なりのようだ。これを何とかして繋げなければならないと美智子様は思ったのである。

数年前、言葉という架橋を喪失し、その現実を受け止めるのが精一杯で、不安と悲しみの日々のなか、一時は恢復への希望を失いかけたという美智子様が、少女のように晴れやかな笑顔とともに人々に合わせて両手を上げている。その姿をテレヴィジョンの画面に眺めつつ、わたしは信じがたい光景を目の当たりにしているという思いに打たれ深く感動した。それは、秒刻みで準備された天皇皇后両陛下のタイムラインに記載されない行為、政府関係者の予想外のハプニングであるばかりか、近代日本国家が一世紀をかけて神話化してきた皇后の身体を、皇后陛下自らが非神話化する行為であった。政府関係者の誰がこのような出来事を予想し得たであろう。その日のニュースは繰り返しこの映像を放映した。

思えば美智子様はこれまでにも、雨中に自動車の窓を開けて手を振られたり、素手で国民の身体に直接触れたりという、皇室の準則を侵犯する行為を長い歳月をかけて積み重ねてきた。長野パラリンピックでの出来事は、観客席から生まれた波という外部からの働きかけがあったからとはいえ、これもまた不思議なアレンジメントとよぶべきであって、それまで美智子様が慎重に積み重ねられてきた神話化への反抗の静かな意志が、人々からの親しげな呼びかけに応じる形で劇的に示されたというべきであろう。

詩と祈りと人生が分かちがたいことを、そして孤独なわれわれが実は孤独ではないことを、驚くほどに率直な言動で、われわれの詩人皇后は示しているようにわたしには思われる。

村上陽一郎

——近代科学とカトリシズム

アカデミズムにおける真摯な神学的思索にわれわれが接近しようとするときに、しばしば妙な苛立ちを感じざるを得ないのはなぜだろうか。神なき時代そのものに対する論者の実存的直面が不十分だからかもしれない。そのように考えるとき、須賀敦子も含めたキリスト教文学者の活動は、無視できない価値の輝きを放射するといってよい。とはいえ、彼らは言語を用いて形式論理を超える次元の思索を行っているので、神に関する普遍的思索については、彼らにたずねるわけにはいかない。その意味で、ジャーナリズムにおける科学史家村上陽一郎（むらかみ・よういちろう）の存在は、きわめて貴重とわたしには思われる。彼は、神の存在を自明のものとし、その前提の上に議論を展開する神学者と異なり、神なき時代を痛いほどにわが身に感じながら、神に関する思索を粘り強く推し進めているからである。彼は科学史家というよりは、現代日本を代表するカトリック思想家と呼んだ方が似つかわしい。

村上陽一郎は、一九三六年（昭和十一年）、東京に生まれた。父親は軍医で、敗戦後は厚生省を経て開業医となった。キリスト教伝道者本間俊平（一八七三〜一九四八）に親炙した人だという。この父親から、村上は四歳から謡とドイツ・リートを教えられた。就寝のときには、父親がレクラム文庫の『モンテ・クリスト伯』を訳しながら読んでくれた。中学時代は野球に打ち込んだが、高校二年生のときに肺結核になった。二年半ストレプトマイシンを服薬して快癒したが、高校時代にチェロを始めたのは歌唱が身体的に困難になったためである。病気のせいで、職業選択の幅が著しく狭くなったことを自覚し、学問の世界以外に進路はないと思った。東京大学教養学部で科学史・科学哲学を専攻したのは、理科系に心残りがあったからだ。

大学一年生の一九五八年（昭和三十三年）、村上はカトリックに入信した。聖書には小学生の頃から親しんでいた。卒業時には担任から旧新約聖書を贈られ、中学生時代は内村鑑三などに親しんだという。したがって、カトリックの洗礼を受けたのは、いわばプロテスタント教会からの「改宗」であったと村上は回想している。ジイドの『田園交響楽』が直接のきっかけとなったというが、プロテスタント的厳格さへの反感以上に、カトリックが聖書の自由解釈を認めず統一したドグマを有していたことに惹かれたことが大きいのではないかと想像される。

近代科学がヨーロッパで生まれた理由について、村上は当初、教科書通りに科学者がキリスト教会の頑迷な世界観を打破したのだと考えていた。しかし、徐々にそれは違うのではないかと疑問を持ち始めることとなる。

私のキリスト教の立場が影響しなかったとは言いません。しかし、それを差し引いても、当時の科学史における「頑迷な宗教と闘う科学者」という見方は学問的ではないと思った。

（『讀賣新聞』二〇〇五年八月二十七日夕刊「あの時の私」）

中学高校の世界史教科書では、中世については「暗黒の」という冠辞がついていた時代である。大学に入学して科学史のテキストとして指定されたのは、カトリックに対する敵意に満ちたドレーパー『宗教と科学の闘争史』であった。村上は一九六八年（昭和四十三年）に東大大学院を修了して上智大学の助手になる。その頃に村上はリン・ホワイト・ジュニアの『機械と神』を読む。ここでホワイトは近代科学技術文明がキリスト教から出てきたと主張していて、村上は衝撃を受けた。キリスト教は科学の敵であるという考え方は、当時も依然として支配的であったからである（『科学史からキリスト教をみる』創文社、二〇〇三年）。

その後、村上は上智大学助教授を経て東京大学教授となるが、（一九九五年に退官して、現在は国際基督教大学教授）、出世作『近代科学と聖俗革命』（新曜社）を刊行したのは東大助教授時代の一九七六年（昭和五十一年）のことである（新版二〇〇二年）。

この書物で村上は、科学は神の創造した世界を讃美する行為から出発したが、十八世紀に「神を棚上げ」する聖俗革命が起きたのだと主張した。もう少し詳しく述べよう。近代科学は十七世紀に突如として登場したように現在では考えられているが、実はこの時点では「神」による世界創造という世界観が残っていた。知的世界を支える「聖なる枠組」はまだ堅固であった。ところが十八世紀に入り、啓蒙思想が発展することによって、この「神」による世界創造という思考が「棚上げ」され、人間と自然という世界像が独立し、近代科学が成立したというのである。ケプラー、ガリレオ、デカルト、ハーヴィ、ボイル、ニュートンらは、全て十七世紀に活躍した人々であるが、彼らを「科学者」と呼ぶには留保が必要である。なぜならば、彼らの思考のなかには、今日のわれわれが「科学」と呼ぶべき概念以外のものが含まれているからである。ニュートンが神学や錬金術に没頭したという歴史的事実はわれわれを困惑させる。ケプラーの「惑星の運動の三法則」にしても、その探究動機は、とても「科学的」とはいえぬ神学的確信に裏付けられていた。そのような事柄はほかの「科学者」たちにもあてはまる。われわれは、彼らの思考のなかから、注意深くある側面だけを抽出したものを「近代自然科学」と呼称している。要するに、十七世紀の「科学者」たちの思考の枠組は、彼ら以前のそれと根本的に異なっていたわけではない。カトリック教会の迷妄に満ちた世界観を科学者たちが打破したという認識は、歴史の不連続面を誇張した神話にしかすぎない。

……西欧近代哲学の発生は、神―自然―人間という文脈における知識の構造を、自然―人間という新しい文脈のなかに鋳直すという作業と軌を一にしていたわけである。そして、神学は、一旦切り離され棚上げされた神を、人間と自然との文脈にあらためて取り込もうとする人びとにとってのみ、その意味を回復したが、もはや、学としての普遍性を失うに到った。

一方、神学からも、哲学からも一応切り離される形となった科学では、十七世紀に、神―自然―人間の文脈のなかでは深刻だった上述のディレンマが、ディレンマ自体の解決というよりはむしろ、そのディレンマを支えている文脈自体の崩壊によって、自動的に解体される道を辿ることになる。

村上陽一郎の基本的主張は『近代科学と聖俗革命』以来、近著『科学史からキリスト教をみる』に到るまで一貫している。後者は長崎純心大学で行われた連続講義の記録で、質疑応答も収録されている。この書物で先の要約の補足を若干行うこととしよう。

村上は十二世紀から十四世紀を前期ルネサンスとし、十五世紀から十七世紀までを後期ルネサンスとする。前者はイスラムからの輸入思想とキリスト教信仰とを調停しようとした時期、後者はガリレオ、デカルト、ケプラーなどを輩出した時代。十八世紀はキリスト教的要素をなくそうとした時代である。聖なる立場は、神抜きには物事の記述が完結しないとする立場であり、俗の立場とは、神抜きで世界が説明できるとする立場である。この転換が十八世紀に起きた。それが聖俗革命という言葉の意味である。

世俗化された「知」は十九世紀に再編成されるが、その編成原理はキリスト教ではもはやなく、いわゆる近代的な分類方法であったというわけである。

現在のわれわれの世界を支えている近代諸科学の誕生経緯を丁寧に辿り直せば、このような展開があったと村上は説く。三十年前に打ち出されたこの見解は、現在も日本人のカトリシズムに対する偏見を根底から覆す力を秘めているといってよい。

村上は『近代科学と聖俗革命』を刊行した翌年に『科学・哲学・信仰』（第三文明社）を出版している。これは、信仰の次元にまで一歩踏み込んで追求している点でまことに興味深い書物である。

第二部「科学的知識と信仰との異同」で、村上はわれわれが、人間の「こころ」について、自身のそれについては経験的に熟知してはいるものの、他者のそれについてはその存在を証拠立てることができないことを指摘し、直接的手段によってその存在を認知することが不可能な存在について、その存在を認めるか否かについては、論理的解答を求めることができず、同じことが「神」の存在についてもあてはまると述べる。さらに村上は、分析心理学の意識モデルを援用し、下方に無限に開いた普遍的無意識の図解を用いて、頂点をさらに上昇させていくことを提案する。頂点の先には漠たる空白しかないと考えられるが、しかしその先に人間のこころの根本を想定するとしたら、それは「神」とでもいうほかない。

個人をピークに向かって上昇する、その各個人の上昇線すべての延長上に神を望み見たとしよう。そうした各個人が、ピークへ向かえば向かうほど、個人は孤立化し、外の人間とは切り離されて行く、しかしその孤立化の極限の彼方に、空間を飛び越した彼方に、すべての人間の「こころ」の根元があり、そこに共融点があるとすればどうだろうか。

各個人のピークに向かう射線は、神を交点としており、各射線は神を鏡として折り返されており、神を媒介として、すべての射線は連なっている、という状況を想像してみることができる。そこでは各個人はあくまで個人として孤立しながら、その孤立することにおいてまさしくその瞬間に、他の人間を、こころあるものとして認め、また逆に、こころある存在を知ることを通じて、みずからのこころを知るという構造がそこにはある。

じっさい、ヨーロッパ近代の個我の確立とそれに伴う人間共通の根元的基盤の喪失という事態において、人間という共通の感覚を辛うじて支えていたのは、やはりそうした神における交点、共融点が保証されている、という確信であったと思われる。

いわゆる理神論は、近代ヨーロッパが、人間存在を捉える際の下降と上昇の二方向を融合しようとしたものであった。下降と上昇と、どちらの方向が正しいとはいえない。しかし、後者は、「徹底した相対主義を貫くことにおいて、その究極に、絶対を見据えることができる」。もとより、その「絶対」を「神」とすることは自明ではない。とはいえ、いわゆる科学的知識体系にも、信仰と同じように、「信じる」という基本前提が何らかのかたちで存在することは明らかといわねばならない。だが、この議論は信仰を持つ者がその根拠付けに利用できるものではない。「信仰とは、何らかの根拠づけによって、もったりもたなかったりするものではない。むしろそれはすべてのことがらの根拠づけにはなり得てもそれ事態としては何らの根拠づけも必要でないような性格の、人間の営為と言わねばなるまい」。それゆえに、信仰は「絶対的なもの」からの「呼びかけ」を必要とする、と村上は主張している。

いわれてみれば、確かに信仰とはそのようなものである。

信仰について考えるとき、いわゆる奇跡の問題を避けて通るわけにはいかないが、この問題について、カトリック教会は曖昧な態度に終始しているように感じられる。村上は一九九六年(平成八年)、岩波書店の叢書『現代の宗教』全十六巻の第七巻『奇跡を考える』を執筆し、この問題について正面から取り組んだ。

村上はまず、聖書の奇跡が時代の文脈でどのように解釈されてきたのかを、ギリシア教父グレゴリウス、アウグスティヌスらの古代から説き起こす。十六世紀までは、「神が、時に応じて、本来の因果的な連鎖の流れを越えた現象を、この世に出現せしめ、それを通じて、人間たちに自分の意志を明確に伝える」という「奇跡」は、神の力によらない「魔術」と共存することができない。だが、十七世紀を経て十八世紀に入ると、「奇跡」の容認される余地もなくなる。「科学は、奇跡を認めない。いや、もともと宗教を認めない。少なくとも宗教と関係を持つことを拒否する。むろん魔術は認めない」ようになるのである。

村上は章を改めて、「そもそも人間を記述する言語しか、われわれは神を記述するためにも持ち合わせていない」ことを指摘する。科学は奇跡を論じることをやめたが、それは科学の自己規定としてであった。つまり、自然を超越したものを扱う範囲の外に置いたということである。それゆえ、科学が奇跡を否定することは自己矛盾というしかない。

では「奇跡」とは何なのか。村上は次のような見解を述べる。

仮に「奇跡」と呼ばれるものを認めるとすれば、それは、人間が常識と日常に慣れ、そのなかでそれぞれの時代と共同体のなかで使われる「人間の言葉」(と「自然の言葉」)の範囲でのみ生きている状態が、一瞬に破れることであろう。その破れは、人間を越えた「超越」からの直接のメッセージである。

そして、真の「奇跡」とは、決して神秘的な出来事に遭遇することではないと村上はいう。

それは〈本当の「驚き」を導くための小さな手がかりに過ぎないのかもしれない。〉

というのも、すでに繰り返し述べてきたように、超越者の存在は、それがあったとしても、超越者であるというそれだけの事実から、われわれ人間に知られ、理解されることが、ほとんど論理的に困難だからである。超越者を語るためのわれわれの言葉は、ほとんどが「人間の言葉」でしかない。超越者からの言葉のメッセージは、これもあったとしても人間が理解するためには、「人間の言葉」で語られなければならない。つまり「言葉」で人間に伝えられ語られる内容は、一向に「超越的」ではなく、「人間的」、あまりに「人間的」である。

それにしても、「奇跡」を体験したとき、人はそれをいかにして真正なものかまやかしかを判断したらよいのか。村上は時間の彫琢に任せるしかないのではないか、と記す。〈何らかの「破れ」によって日常のなかに超越を自覚した人間が、その自覚を、その後の「時間」のなかで如何に研ぎ澄まし、自らの存在の深みへと、その体験と信念を深化させることができるか、その歴史こそが、一つの彫琢であろう〉からだ。

ここで村上は、ほとんどカトリック神学者として語っているように思われる。

岩下壮一、吉満義彦は、「神」を喪失した近代人は、中世のようにふたたび「神」を見出すことが必要であると主張した。しかし、村上はこの主張については不可能として退けるであろう。なぜならば、神―自然―人間という関係が、自然―人間という関係に変容したことは、時代の思考が転換したのではなく、時代の思考のホリゾントたるコンテクストの転換であったからである。近代の科学者が慎ましさや謙虚さを喪失しており、それがわれわれ現代人の全般的傾向であると村上が指摘するとき、そこには岩下壮一や吉満義彦と共通する時代認識がうかがわれる。だが、岩下壮一のように、カトリックの信仰をストレートに説くことができない分、村上の苦渋は二重に深いといえる。

では、われわれはどうしたらよいのか。村上は二つのことを提言する。ひとつはわれわれが「教養」を育むことによって、ともすれば欲望のままに生きようとする自己中心的な傾向に歯止めをかけることである。他人が見ているからやらない、ではなく、自分の信条に反するからやらない、という生き方が必要なのである。もう一つは、身近な「食」の安全をはじめとして、全てを専門家（科学者のみならず行政機関なども含む）任せにしてきた旧弊を改め、ささやかなことでも一人一人が正確な情報を収集して判断を下すようにすることである。後者については、文科系大学に進学した者が、科学的分野に関してほとんど勉強することのないまま実社会に出ていく現状を村上は憂慮している。また、村上は専門家（ここには政治家もマスコミ関係者も含まれる）に対して、世の中に「警笛を鳴らす」使命の自覚を求める。彼自身が、カトリック信徒として、人間たる己の卑小さを自覚しているとともに、科学史学者として、己の有する学識を社会に積極的に提供することが自分の召命であると確信しているからであろう。

村上は、カトリックの信仰を持つ一科学史家という己の立地点を踏み外すことがない。見てきたように、近代科学とカトリック教会との関係について、村上はヴァチカンの自己理解とは異なる見解を主張している。これは一見不遜な態度のようだが、実は信徒使徒職の立場から導かれる専門家としての当然の態度なのである。しかしながら、これは言うは易く行うは難きことである。それは、文学の世界において、護教的言語空間、すなわち制度的宗教世界へと曖昧なうちに沈み込んでいく作家を見ればたちどころに理解されることであろう。その意味でも、村上陽一郎の思想家としての在り方は、すこぶる示唆に富んでいる。

井上洋治

――スコラ神学の拒否

わが国の戦後のカトリック文学者と深いかかわりを持つ日本人神父に井上洋治（いのうえ・ようじ）がいる。遠藤周作（一九二三〜一九九六）と親しかったこともあり、安岡章太郎（一九二〇〜）、高橋たか子（一九三二〜）など、彼から洗礼を授けられた作家は少なくない。

井上の自伝『余白の旅』（日本基督教団出版局、一九八〇年）をひもときながら、彼の伝記的足跡を辿りつつ、他の著書も参照して彼の思想的展開までを辿ることとしよう。

井上は一九二七年（昭和二年）、神奈川県に生まれた。父親は苦学して大学教育を受けた明治の人。兄と姉、そして弟がいる。少年時代を大阪府で過ごした。東京大学工学部を志望したが成績が足らず東京工業大学窯業科に進学した。その後、岩波文庫のベルグソンによって哲学に目覚め、一九四七年（昭和二十二年）、大学を中退して東京大学文学部西洋哲学科に改めて入り直した。なお、肺浸潤と誤診されたため兵役には就いていない。

修道会に入った姉の影響もあり東大カトリック研究会に所属した井上は、あるときカルメル会の修道女テレジアの自叙伝に感銘を受けて、二十歳のときにカトリックの洗礼を受けた。当時の東大哲学科には、今道友信（一九二二〜）などのカトリック学生が何人かいて、全員が古代中世哲学を専攻していたという。また、西洋古典学科には、無教会キリスト者であり、日本における新約聖書学の基礎を築いたといわれる前田護郎（一九一五〜一九八〇）の影響からか、やや後の世代として、荒井献（一九三〇〜）、八木誠一（一九三二〜）、田川建三（一九三五〜）、佐竹明（一九二九～）らが学んでいた。ここから当時のカトリックとプロテスタントとの雰囲気の違いがうかがわれると井上は記しているが、確かに興味をそそられる事実である。

大学二年生のときに、友人とともにハンセン病院を訪れる。これは御殿場にある岩下壮一の神山復生病院と思われる。東大カトリック研究会の世話役もつとめた今道友信が、やはりしばしば神山復生病院に慰問に訪れたことを記しているからである（『知の光を求めて』中央公論新社、二〇〇〇年）。ただし、岩下壮一も吉満義彦（一九〇四～一九四五）も戦後の日本を見ることなく亡くなったので、井上は彼らと面識はない。井上は入寮患者の姿に驚き、病気が移るのではないかと戦く己に嫌悪を感じる。だが、「ガランとした病室のベッドの上に置かれていた、うみで頁もところどころくっついてしまっている聖書」を見たとき、井上は、聖書と真の出会いを遂げたと回想している（『日本とイエスの顔』北洋社、一九七六年）。

森有正（一九一一～一九七六）のパスカル講義を受講していた井上は、パスカル論を卒業論文として大学を卒業する。横浜港からフランスへと出発したのが森有正の渡仏と同年の一九五〇年（昭和二十五年）、帰国は一九五七年（昭和三十二年）である。遠藤周作が同じ船に乗っていた。遠藤の帰国は一九五三年（昭和二十八年）である。また、井上と同年生まれの小川国夫のフランス留学は一九五三年から一九五六年（昭和三十一年）のことである。

井上は、フランスに行く前に、卒業論文を焼却している。これは、男子カルメル会に入ることを目的にフランスに行くこととなっていたので、哲学者として生きようとしてきた自分と訣別する象徴的行為であったのだろう。気になるのは、フランス行きの決意を固めるに際して、東大カトリック研究会の仲間たちや教授たちとどのようなやりとりがあったのか、管見の限り、井上はどこにも記していないことである。意識的か無意識的かは分からぬが、ここには記述の脱落があるとわたしは思う。

井上は、はじめの一年半をボルドー郊外ブリュッセ村のカルメル会修道院で過ごした。冬にも暖房を入れない修道院内での祈りと労働の日々である。その後誓願を立てて正式に入会を許された井上は、タラスコン町近郊のプッティ・カストレの修道院に移り二年間を過ごした。そしてリヨンのカトリック大学に一年間通い、ローマのインターナショナルカレッジで三年間学ぶ。フランスのリールに再び戻って二年間を過ごし、日本に帰国して石神井の神学校に入るのである。

すでに東京大学時代に井上はトミズムに馴染めないものを感じていたが、プッティ・カストレの修道院で本格的にトマス哲学を学び始めたときに、身悶えするような苦痛を感じた。スコラ哲学そのものに対する違和感を井上は数々の著書で記しているが、『イエスのまなざし』(日本基督教団出版局、一九八一年)では、次のように書かれている。(傍点原文ママ)

もともと哲学出身の私には、中世哲学はそれなりの考え方として、興味深く受けとめることができた。しかしスコラの神学を、あたかも信仰そのもののように絶対的に受けとるべく押しつけられたことは、私にとってはまさに耐え難い精神的拷問にひとしかった。

修道院側でも井上の「抵抗」に困惑し、サン・マクシマムのドミニコ会修道院からモンターニュという神父が特別に講義に来てくれることとなったが、彼はドミニコ会の中でも保守派に属していた人で、井上はさらに苦しむこととなる。井上によれば、当時ドミニコ会には、コンガール、デュバルル、ガイゲルなどの、パリ郊外ソルショワールにある進歩派の系列と、ローマのアンジェリコ大学のラグランジュの系統を引くサン・マクシマム修道院があり、モンターニュはラブルデットとともにその保守派の代表者であったのである。

ここでわたしが思い起こすのは、東大哲学科を卒業した今道友信が、仙台にあるドミニコ会の修道院に入ったが、一年間の修練期のみで修道院を出てふたたび哲学の道に戻ったことである。「教会の代表的哲学者トマス・アクィナスと相違する説が出ると、それを不遜だ、と見るような雰囲気がこれほども強いなら、ここは私の居場所ではない、という思いが、修道服をまとってから約六ヶ月めごろから、根づいてきました」（前掲書）。この今道が感じた違和感には、井上が「洗脳教育」とまで感じた当時のカトリック修道院の在り方と重なりあうものがある。

ローマのアンジェリコ大学は、岩下壮一が学んだところである。岩下はパリのマリタンなどのネオトミズムには、水で薄めたような印象を受けて感心しなかったのだが、ローマのラグランジュの神学大全講義には、井上とは正反対に、心底感銘している。これは、岩下の東大時代の師であるケーベルが、結局のところ、哲学者というよりは文学的感性の人であり、異常なまでに明晰な岩下の頭脳にとって、ラグランジュの厳密無比な演習に接するまで、岩下は西欧中世の精髄たるトマス神学に本当の意味で接していなかったからではないかと思われる。

さて、完全に疲弊しきった井上は、院長のはからいで三週間をアルプス南麓の信者の別荘で過ごした。ここでジルソン『存在と本質』に接して、井上は自分にも理解可能なトマス接近の道があることを発見して、光明を見出したのであった。知られるように、この本でジルソンは、西欧哲学史全体を再展望しようとしていたのである。

リヨン時代、井上はジルソン『トミズム』、ガイゲル『トマスの哲学における参与の問題』、ドゥ・フィナンス『存在と行為』といった著作を通じてトミズムに接近しようと努力した。井上はまた、イエズス会の神学校の講義にも出席し、『阿弥陀信仰』の著書を持つドゥ・リュバックの存在に驚くとともに、文化的差異の問題を意識するようになっていった。ローマで学んだときには、教科書『ビブリオテカ・デ・アウクトーレス・クリスティアノス』を使った「苛酷な」「洗脳教育」に窒息寸前まで追い込まれたが、フランス人の学長フィリップが、ラグランジュが非難したという曰く付きの論文「ペルソナ概念の探究」の著者であり、「検邪聖者」（！）でありながら、包容力のある魅力的人物であったので、井上は二週間に一度は彼を訪ねた。「こりゃあもう、全くの異端だね。君は将来も本をだすようなときは、三度はじっくりと読み返さなきゃ駄目だぞ」などと、彼は笑いながら井上に語ったという。井上は、結局学位を取得するまではローマにいなかった。

リール時代に井上は、十字架の聖ヨハネの著作の仏訳者でもあったルシアン副院長が『エチュード・カリメリテンヌ』の編集者のひとりであったこともあって、キリスト教神秘主義を深層心理学的観点から見る方法に開眼することとなる。また、レイモン・ヴァンクールの東方神学の講義からも、西欧神学とは異なる世界の存在に目を見開かされ、ヴァジミール・ロスキの著書に読みふけることとなった。ロスキの書物は、井上をディオニシス・アレオパギタにも導いた。それまでキリスト教といえば、それは西欧キリスト教のこと――しかもそれは顕教的側面だけで、秘教的な側面を欠いている――と思い込んでいた井上にとって、東方正教会の霊性や神秘主義に触れることで、いわゆる「西欧キリスト教」以外の多様なキリスト教が存在することを知ったことは大きかった。

当時大学の神学部では、コンガールがローマに召還尋問されたとか、労働司祭が廃止になるそうだ、などの噂が飛び交い、騒然としていた。井上はカルメル会に残るか、日本で司祭として働くかを熟考し、最終的にカルメル会を退会する。

帰国した井上は、石神井の神学校に入るが、日本の教会にフランスの教会に溢れていた危機意識は皆無であった。ただ「洗脳教育」だけは同じであった。ちなみに、須賀敦子は一九五三年（昭和二十八年）から二年間パリに留学し、一九五八年（昭和三十三年）から一九七一年（昭和四十六年）までミラノにいた。帰国後に彼女が日本のカトリック教会に感じた、眠りこけているような印象は、十数年後のこととはいえ、井上の感じた印象と重なるものがある。

井上は、奈良や京都などを歩くとともに、和辻哲郎（一八八九〜一九六〇）、鈴木大拙（一八七〇〜一九六六）、小林秀雄（一九〇二〜一九八三）らの著作を通して、日本文化について理解を深めようとした。「神学といえば横文字を縦になおすことであり、布教といえば、むこうで生まれた組織をそのままこちらに持ってきて植えつけようとすることだと思いこんでいる」（『イエスのまなざし』）のではだめだと思ったからである。要するに、岩下壮一、吉満義彦の路線の明確な否定である。岩下は、知識階級、とりわけ一高、東大の学生たちを通して、上から日本社会にカトリックを植え付けようとした。そしてゆくゆくはカトリックの政党を作り、国政レベルで日本をキリスト教化していこうと構想していたのである。「キリスト教はその本質を失うことなしに、如何にして日本の精神的風土に根をおろし得るか」これが井上の直面した最大の問題であったが、アンジェリコ大学で世界各地から来た学生たちとラテン語で自由に会話をしていた岩下壮一には、このような問題意識は存在しなかった。もっとも、これは岩下個人の資質の問題というよりは、当時の歴史的状況のなかで、岩下はこの方法しかとりようもなかったであろう。井上が、岩下とは異なる問題意識を持ちながらも、岩下と同じように言論活動でカトリックをわが国に広めようと活動することができたのは、それ以前に岩下らが、西欧キリスト教の精髄を、日本語で言論界に知らしめるという基礎作業を行っていたからである。岩下の時代には、否定するに値する何物も存在しなかったのだ。戦後は岩下も吉満もこの世にいなかったし、第二ヴァチカン公会議でトリエント公会議以来の教会の路線が大幅に修正されたことも、岩下＝吉満路線を否定するのに有利に働いたはずである。

井上は、和辻哲郎の講義を東大で聴講している。和辻は岩下壮一と同期生である。和辻の『原始キリスト教の文化史的意義』について岩下はカトリック司祭の立場から辛辣な批評をしたが、ニーチェ、キルケゴール研究の頃から、和辻自身がキリスト教について自分が熟知していないことを自覚していた。彼の視界はキリスト教、仏教を視野に入れた広大な比較文化に広がっていて、西欧と東洋（なかんずく日本）との文化的相違については問題としなかった岩下と違っていた。井上が参照すべきと考えたのは自然なことである。鈴木大拙についてはいうまでもなかろう。小林秀雄は、『文學界』の座談会「近代の超克」において、岩下と同様、西欧と日本の文化の相違をほとんど問題としなかった吉満義彦（一九〇四〜一九四五）の日本語に対する違和感を表明していた。井上が小林秀雄に向かったのは理解できることである。

井上がカトリック司祭として叙階されたのは一九六〇年（昭和三十五年）、三十三歳のことであるが、第二ヴァチカン公会議が開催されたのは、その後のことである。この公会議によってカトリックが大きく刷新されたことはすでに触れたが、それ以前に井上は「キリスト教の文化内開花（インカルチュレイション）」という問題意識を抱いていたことになる。フランスにいたときに、ただ一人の日本人修道士として井上は孤独であったが、帰国後には、日本人修道士たちのなかで孤独だった。だが、本当にそうだったのだろうか。「聖書深読法」の発案者である奥村一郎（一九二三〜）は、東京大学在学中に禅仏教からカトリックに転向した人である。彼は兵役にも就いたが、大学卒業後、やはり井上と同じように、男子カルメル会に入るためにフランスに渡っている。仏教からカトリックに移った奥村が出発当初から抱えざるを得なかった東西の霊性という問題は、井上のそれとも重なるものがあったはずだ。

井上と孤独感を共有したのが文学者遠藤周作であった。彼らには共通する使命感があった。そしてこの使命感には、方法こそ異なっていたが、岩下壮一、吉満義彦に通ずるものがある（遠藤周作が、吉満義彦が舎監を勤めるところの、岩下が創設した聖フィリッポ寮生であったことは改めて申すまでもない）。同じフランスに留学したカトリック文学者であっても、小川国夫の場合は、一応パリ大学に席を置いてはいたものの、オートバイでギリシア、スペイン、北アフリカまで、地中海沿岸を走り抜けるというものであった。小川もカトリックのネットワークに助けられて旅を続けたわけだが、神学を学んだわけではなく、むしろ具体的な自然や事物との、それこそ感性的な接触に重心があり、日本文学にカトリシズムを云々という使命感はなかったといってよい。

井上自身が、そもそも文学的感性の人であった。彼は自分を求道者であり学者ではないと認識し、基本的には自分を通して考えようとする。自己を語ることが、井上ほど多い司祭はいない。われわれと違って、カトリック司祭は自分の個人的体験の価値を問題にするという発想がそもそもないので、岩下壮一以来、自己を語ることは、断片的な文章を除外すれば皆無に等しい（わたし自身は、自己を通してしか伝わらないものがあると思うし、岩下を始めとして、書かれる伝記が総て「聖人伝」になってしまうカトリック神父たちは、もっと積極的に自分を語るべきだと考えている）。戦後に活動を始めた作家のなかにはカトリック信徒が少なくない。彼らはそれぞれ「私の聖書」を語り、信仰を語ったが、カトリック司祭として一般読書人向けに同じような著作活動を展開したのは井上洋治ただひとりといってよい。

西欧と日本との文化の相違は、井上の場合、知的認識の問題ではない。それは身体的レベルでの直接的反応として現れたものであった（井上はしばしば文章の中で「窒息感」という言葉を用いるが、これは正しく彼の経験した体感を表現した言葉であろう）。だからこそ、井上は、学者のような文献操作による実証的分析を拒否し、文学者のように個人的な体験を通して語ろうとするのである。「神とか信仰とかいうものは、決して言葉でなんかで伝えることのできないものだ。」「僕には僕なりに必死になって生きてきた僕の生き方があるだけだ。」（『イエスのまなざし』）という言葉は、日本人にとってのキリスト教についてもっと明快に論じろという手紙に対する彼の回答である。

もっとも、日本からのカトリック留学生が、総て井上のように感じたと考えてはならない。井上のほぼ十年後の一九六一年（昭和三十六年）に若桑みどり（一九三五～二〇〇七）が横浜港からイタリアに向けて出帆したとき、同船した神学生たちは、泰然としていた。彼らはイタリア語が話せなかったが、ラテン語に堪能なので何の不安も感じていないと微笑しながら若桑に語った。「外国に行くという興奮で日本人留学生が緊張しきっていたのに、船の上で彼らがあんなにも平安だったのは、彼らが外国にではなく、その祖国に向かっていたからだった」（『クアトロ・ラガッツィ』集英社、二〇〇三年）。ここで紹介されているカトリック神学生の在り方は、三十数年以前に洋行した岩下壮一のそれと近い。彼らはローマで学ぶスコラ神学に窒息感を持つことはなかったであろう。

書き下ろしの『日本とイエスの顔』『余白の旅』などを除くと、井上にはさまざまな媒体に発表した文章を編集した著書がかなり多く、全体にくりかえしが多い印象がある。また、彼の文章は論理展開が必ずしも均質とはいえず、飛躍も少なくない。日本人の心性の構造についての論述の補強のために、彼は専門家の文章をためらうことなく長々と引用するが、これをわたしは惜しむ。もう一度自分の言葉に直して再構築してもらわないと説得力に欠ける恨みがあると思うからである。

それはともかくとして、わたしが理解した限りの井上の思考を要約してみたい。井上は西欧人が、抽象的思弁的に本質を通じて実在に接近するのに対して、日本人が直感的体験的に実在の実相をきわめようとすることに両者の相違を見出さずにはいられなかった。これまで日本人がキリスト教と思いこんでいたものは、実は西欧化されたキリスト教であるとともに、そこにはキリスト教をキリスト教文化と同一視するという誤りがあった。それはイエスの教えそのものではないはずである。

西欧が築いた神学の背後には西欧の霊性があり、さらにその背後には西欧の福音体験があるはずである。日本は西欧とは全く違う文化をもつ土地であるから、西欧神学を日本にそのまま持ち込むことは「決してその人のなかに福音体験を生み出す助けとならず、かえってその人の福音体験の芽ばえを摘み取ってしまう結果ともなり、やがてその人の信仰自身が生活から遊離した頭の中での知識」になってしまいかねない。したがって、神学から霊性、そして福音体験へという方向ではなく、逆に、個々人の福音体験から霊性、そして神学へといくべきではないかと井上は考えている。

ところで、日本文化においては、宗教と芸術とが深い関連を有しているが、井上は「おのずからが、みずからになったとき、そこに歌がうまれ、俳句がうまれ、絵がうまれる。そして、おのずからが、あちらからになったとき、そこに祈りがうまれ、宗教の世界がうまれるのだ」とする（『風のなかの想い』日本基督教団出版局、一九八九年、傍点ママ）。井上は本居宣長の『紫文要領』に触れていう。

……桜の花の盛りをみて美しいと心打たれる人は、桜の心を知った人であり、物の哀れを知っている人であろう。しかし、まだそこにとどまっている人には、その桜を生かしめている、桜の生命の奥を吹きぬけている神の生命の風にふれることはできないのではなかろうか。

柳宗悦（一八八九～一九六一）に対する井上の不満もそこにある。すなわち〈柳をとらえていたものは直接的な「美」であって、美醜を越えた世界からの美の否定による美の回復という点が欠けている」のであり「「向こう側からくる否定」という宗教に不可欠な根本的要素が、どうも柳には欠けているように思われる〉のである。「向こう側」とは、自然的世界を越えた超越的世界ということである。

「芸術も自然もそれだけで人々を救うことはできない」。井上は、日本人にとって「自然」が格別の存在であることを体験的に理解していたが、その「自然」を神の創造したものとは日本人が見てはこなかった点を指摘する。自然の向こう側にあって、言葉で名付けようもないもの。それを日本人は「無」と呼んできた。これを概念的にとらえてはならない。これは西欧人が怖れる虚無としての無ではなく、ただこちら側からは「無」としかいえないものなのである。これはしかし、キリスト教でいうところの「啓示」の本当の意味なのではないか（『イエスへの旅』日本基督教団出版局、一九九三年）。ここにおいて、井上はキリスト教神秘主義とわが国の伝統的存在理解とを大胆に結びつけようとする。この「無」は、暗黒ではなく光に満ちたものである。八木重吉の作品に、井上はそれを見る。

井上は、一九八六年（昭和六十一年）から「風の家」という活動を展開しているが、この「風（プネウマ）」というのは聖霊のことである。父・子・聖霊のうち、聖霊を注視する井上の思考は、奇矯なものではない。今道友信も「日本のようにキリスト教の伝統の少ないところ、とくに自然が創造主によって作られたという思想がない国では、聖霊からキリスト教を語り始めるのはよいでしょう」（前掲書）と記している。今道によれば、ミハエル・シュマウスの神学は、従来の教理神学と異なり「愛の基本としての聖霊」から教理を説いているという。

母性社会である日本人には、父性的な旧約聖書を退け、母性的なイエスの教えを記した新約聖書のみを重視するべきだという近来の主張はカトリック司祭として相当な冒険と見る向きもあるが、東方教会においては伝統的に新約聖書が重視されていることなどを思うにつけても、ことさら奇矯な発言と受け止めるべきではなかろう。

「日本のキリスト教は、祈りとサクラメントを通して上からのキリストの光をいただきながら、西欧の習慣や思想をキリストの教えと混同せず、日本文化と日本文化をになってきた思想家たちをキリストへの補導者と考え、聖霊のなかのキリスト教を直視し、キリストの愛を一人一人の生活のうちに実現していかなければならない。それ以外に日本のキリスト教化の道はない」（『イエスのまなざし』）。これが井上の確信であり、この視点から井上は西行を、芭蕉を、そして宮澤賢治を語る。これと呼応するかのごとき言葉を今道友信も記しているので紹介しておこう。「もう少し東洋の古典を勉強して、そのなかに潜んでいるキリストの教えを引き出すのも、日本人やひろく東洋人の宗教哲学的な務めのような気がしております。プラトンはキリストをまったく知らず予感もしていませんが、その著書はキリスト教哲学や神学の宝庫になっています。『論語』も『平家物語』も東洋のプラトンやヴェルギリウスになるでしょう。昔、教父時代にはアフリカ人のアウグスティヌスやペルシャ人のニッサのグレゴリウスがそれぞれの背景文化を生かしてキリスト教を豊かにし、同時に自らの文化を受洗にまで導いたように、日本人やアジア人は己の文化自体を救済的にすべきです」（『出会いの輝き』女子パウロ会、二〇〇五年）。

井上は西欧キリスト教の父性性に対する違和感を隠さないが、キリスト教は、歴史的伝播にともない必然的に被る変容に抗して、核心（三位一体論、キリスト論、司祭職等）を保持し続けるために父性的たらざるを得ないという無理からぬ事情があった。理性の重視と論理性の追求は不可避であったに違いない。われわれ日本人にはなかなかに理解しにくいが、初代教会以来、教義確立以前も以後も、凄まじい思想闘争が繰り広げられたのである。それは感性のレベルでの話ではない。大シスマ（東西教会分裂）にしても、これは教義上の決裂であって、感性的問題ではない。そもそも感性で思想を捉えようとする態度自体が日本的なのであって、文学においてすら、感性だけではボードレールもクローデルも到底理解は叶わないであろう。

岩下壮一が、西欧キリスト教をそのまま日本に移植しようとしたのは、彼がキリスト教を思想的問題として捉え、感性的問題とは決して考えなかったからである。キリスト教は、日本に根付いていくなかで、自覚的努力を越えたところで日本的変容を遂げていくであろう。だが、日本的感性によるとめどない変容が、キリスト教の核心を崩していく恐れもあるだろう。井上はその点において楽天的すぎるようにわたしには思われる。

井上が日本的変容に恐れを持たないのは、彼が秘蹟とリトルギア（ミサ典礼）についてだけはカトリック司祭らしく厳格な思考をしているからかもしれない。井上は「福音のよろこびを十全に自分のものとするために、洗礼をうけ、ミサを行じることが必要だと信じている」と述べている（『イエスへの旅』）。井上の著作だけを読む限りにおいては見えにくいが、井上がほかのカトリック司祭と同様に、毎日欠かすことなくミサをたて、定期的に告解を行っていることを見落としてはならないのだろう。

井上が『日本とイエスの顔』を世に問うたのとほぼ同時期に、奥村一郎は『祈り』（女子パウロ会、一九七四年）を刊行している。奥村については稿を改めて論じねばならないが、井上の著書がキリスト教に関心を持つ一般人を対象としたものであるのに対して、奥村の著書は明確に信徒向けであったといってよい。奥村の「聖書深読法」も、信徒向けの具体的手引きであった。二人の読者への視線は対照的である。井上の著書は一般書店にあるが、奥村の著作は、キリスト教専門店でなければ手にすることができない。

わたしは、キリスト教を西欧キリスト教と同一視することからは解放されている世代に属している。時代のなかで、岩下壮一には彼が果たすべき役割があった。岩下の子の世代に当たる井上洋治もまた彼の役割があった。では、岩下の孫世代の司祭の役割はどういうものであろうか。「祈りの方法」に関する著作を公にする一方、インターネット上に「祈りの学校」を開校し、観想修道院の世界を一般社会と繋げようと試みているカトリック司祭来住英俊（一九五一〜）の活動に、わたしはそれを見出している。そのことを最後に言い添えておくこととしよう。

小川国夫

――夢想のカテドラルの彫刻群像

小川国夫（おがわ・くにお）は一九二七年（昭和二年）静岡県藤枝の商家に長男として生まれた。虚弱であった。小学校二、三年生のころに、自分から興味をもって再臨派の土曜集会に通うようになった。そこで小川は同派の青年から旧約聖書の物語を聴き、毎回、塗り絵の宿題を仕上げて持っていった。そのころ、小川は小学校の図書館で挿し絵の入った二巻本の『聖書物語』を発見し、放課後は暗くなるまで読み耽るようになった。こうして、小学校高学年になると、黒布か革装の聖書という書物自体を意識するようになった。肺結核を患い、小学校の時に二年間自宅療養している。

太平洋戦争終結後、旧制静岡高校の生徒であった小川は、すでに信者となっていた姉の影響から藤枝教会に出入りするようになり、二人の若手フランス人神父と親しく接し始める。新約聖書に親しむようになったのはこの時期のことである。だが、小川が聖書に見出したのは平安ではなかった。その逆であった。

聖書にはそういう箇所（清らかで詩的な箇所・引用者註）もたしかにあるけれど、全体はむしろ荒れ狂っているように感じました。読む者が分裂しそうなのです。ただでさえ、気持は不安定な状態でしたから、強すぎる、途方にくれさせる刺激に襲われたと思いました。

（『聖書と終末論』）

神父に自分の心境を正直にうち明けたところ、親身に受け答えしてくれた神父は、最後に小川に向かって「ひとりで聖書を読まないように」といった。中学校の教師から「あまり小説を読まないように」といわれたときのことを小川は思いだした。だが、神父の言葉とは裏腹に、小川はますます聖書にのめり込んでいったのである。

中学の終わりころから学校になじめないものを感じはじめていた。高校ではフランス語を勉強したかったが、戦争中のことでドイツ語しかなかった。一年白線浪人をして東京大学文学部に入学した。大森でカトリック学生としてアメリカからの「ララ物資」の配給などのボランティアをしたりしていたが、日本脱出の思いが徐々に高じ、大学を中退して私費留学でフランスに行くこととなる。

官費はおろか私費でもヨーロッパ留学は珍しい時代であり、出発の日には、藤枝駅では幟の旗が立てられたという。横浜港から一ヶ月かけてマルセイユまで行ったが、神父からフランス語の手ほどきを受けていた小川は発音が巧く会話に困らなかった。船中、不安もあったろうが、乗客たちの人間観察などが面白く、フランスのパラシュート部隊員が日本人女性に当てた恋文の翻訳をやったというから、精神的にはかなりの余裕があったようである。藤枝教会で親しかった神父の出身が南フランスであったので、マルセイユに到着すると、神父の家族が出迎えにきてくれており、歓待してくれた。その晩は連れられてエロチック・コメディーの舞台を見て、翌日は自動車でニームに向かった。途中でセザンヌの故郷エックス・アン・プロヴァンスを通り、小川は感激している。小川は柳宗玄から譲り受けた中古のヴェスパでギリシア、スペイン、北アフリカを放浪するが、ここでもカトリックのネットワークに助けられている。

パリ大学に籍は置いたものの、神学も哲学も文学も、小川は勉強する気がなかった。そもそも学校から逃れるためにフランスに行ったのであった。

小川国夫のフランス行きが、肺結核を患ってリヨンの病院に入った遠藤周作や、トマス神学に痛めつけられた井上洋治のそれとは全く異なっていることには興味をそそられる。小川からわたしが感得するのは、カトリシズムの広さと深さの感覚である。カトリック的厳格さはプロテスタントのそれとは微妙に異なるものがある。驚くほどの世俗的寛容さもカトリックには存在するのである。包み込む大きさというものが、カトリシズムにはある。

とりたててキリスト教的主題を扱うことなく、どのような作品を書こうと、信仰は自ずとにじみ出るはずである、という意味の言葉もわたしは小川自身から直接聞いたことがある。この基本認識は須賀敦子と共通している。

小川国夫の作品には少年時代を扱った系列と、古代イスラエルを舞台にした系列と、大井川河口や海外を舞台にした系列がある。特に『或る聖書』に代表される二番目の系列は、旧約聖書から新約聖書に移行する時期を描こうとする野心的なものである。それは遠藤周作が、江戸時代の長崎を舞台にして日本におけるキリスト教の土着化の苦難を主題にしたことと対照的である。要するに、小川はイスラエルにおけるキリスト教の土着化の主題を「わがこと」として捉えているのである。代表作『試みの岸』（河出書房新社、一九七二年）は戦前の静岡県を舞台にした作品だが、とりたててキリスト教的主題が扱われているわけではない。しかしそこには超越的な形而上性が漲っている。

夢想のカテドラルを築くために、作品を一つ一つ積み上げている石工のような作家――これは、築くように書きたいという小川国夫の言葉から自然と連想されるイメージだが、面白いことに、これは、小川が親しかった鷲巣繁男について、澁澤龍彦が語ったイメージでもある。小川と鷲巣については、飯島耕一が文体の類似を指摘したことがあるが、わたしがここで示したいのは、かれらが共通して持っている、己を低めたへりくだりの姿勢である。それは確かにキリスト教文学者が持つ独自の姿勢に違いない。

小川文学にいくつかの作品系列があると述べたが、もちろんこれは便宜的な呼称以上のものではない。作品を分類するのではなく、むしろ総合して、夢想のカテドラルと見る視点が大切である。作品に描かれる人々は、さながら教会に刻まれた彫刻群像なのだ。そう、それはステンドガラスに描かれた極彩色の絵柄ではない。教会の扉や柱頭の石に刻まれた劇なのだ。知られるように、そこには聖人や預言者の受難や奇跡、あるいは黙示録が、庶民の生活風景とともに彫られている。愛の物語ばかりではない。戦慄すべき場面も刻まれている。人間を全体として捉えるためにはそういう場面も示さなければならないのだと、シャルトルの彫刻に触れて小川は語ったことがある。そこで作家は自らの世界をも語っていたのだ。……

わたしは個人的な思い入れをほしいままにしているだろうか。なるほど、小川国夫が「研究」される作家となっているのは確かなことだ。当然だろう、「内向の世代」も今や七十代なのだから。小川国夫も全十四巻の全集が編まれ、詳細な書誌、周到な伝記、そして緻密な作品論作家論が、すでに何冊も上板されている。これからも註のたくさん付いた論文が書かれていくに違いない。だが、研究者ではなく、評論家がさかんに小川国夫を論じた時代があった。昭和四十年代に書かれた多くの批評を読み返すと、いずれも思い入れの深い、熱のこもったものだ。白熱した批評から冷静な研究へ。それは歳月の推移と読者層の変容に伴い、あらゆる文学者が辿らねばならぬ宿命なのだろう。だが、本当にそれでいいのだろうか。『或る聖書』『試みの岸』から三十年。たとい奇矯な立言と見られても、わたしどもの世代が文芸評論の立場から思い切った見解を提示することが必要であろう。

たとえば、ヴェスパに跨っての地中海の旅。フランス、イタリア、スペイン、ギリシア、北アフリカ――この旅の体験は、ヨーロッパとの出会い、地中海的世界との出会い、異質な西欧文明の新鮮な発見という脈絡で語られるのが一般的だ。だが、わたしは違うと思う。小川国夫は、日本と出会ったのだ。

小川が通常より二年遅れて一九四二年（昭和十七年）に旧制志太中学校に入学したのは病気のためだ。一九四三年（昭和十八年）には農家に勤労奉仕にでたり、一九四四年（昭和十九年）には学徒動員で造船所に通っている。敗戦を迎えたのは在学中のことだが、動員時代にはドストエフスキーなどを読んでいた。一九四六年（昭和二十一年）に旧制静岡高等学校に入学し、翌年の十月にカトリックに受洗している。先に記したように、当時の小川は、すでに信者だった姉を介してカトリック教会のフランス人司祭に親しみ、エミール・ラゲ訳聖書を読み始めていた。また、戦争から戻って教会に通い出し、トラピストの修道士になった物静かな一青年の存在も大きかった。小川がヨーロッパと本当に出会ったのは、実はこの時期である。東大在学中に渡仏するが、遊学は、すでに体験したヨーロッパとの出会いを現地で再確認するものであった。

敗戦時、小川国夫は井上光晴や吉本隆明が感じたような衝撃を受けなかったといわれる。作家自身がそのように語っているし、小説にも随筆にも「裏切られた思い」を見出すことができないからである。だが、学校には配属将校による教練の時間があり、校庭には「御真影」を安置した奉安殿があり、宮城に向かって敬礼する日常があったことを忘れてはならない。上級生に絶対服従の学校は、軍隊機構と相似形であり、息の詰まるような生活を彼も過ごしていたのだ。敗戦時に精神的衝撃を受けなかったという述懐を、社会的意識が稀薄であったからと単純に解釈するべきではない。そうではなく、戦争中の意識を戦後も継続的に持ち続けていたと見るべきなのだ。暴力が支配的な日常は、予科練帰りのいる旧制中学時代も変わらなかった。戦争中の国家体制は、小川国夫にとって、論理的構造として知的に理解されていたのではなく、混沌とした、漠たる圧迫感として感覚的に意識されていたのであり、それは戦後も継続していたのである。小川はそれを、ヨーロッパにもそのまま抱えていった。ヴェスパで地中海の街道を疾走しながら、小川は地中海に故郷の海を視ていた。「焼津がギリシアに似ている」という小川の呟きを立原正秋は理解できなかった。これは単純に海の光の美しさを語っているのではない。グラマンの機銃掃射や、定期便のようにやってくるB29の爆撃音を胸にこだまさせながら、小川が地中海沿岸を走っていたということなのである。

作者はそんなふうには語ってはいないではないか。読者はそう問うだろうか。しかし、誰しも自身のことはいちばんわからないのだ。作者の回想や自作解説を、あまりにそのままに受け取りすぎる論者が多すぎる。作家が真摯に語れば語るほど、それを真に受けてはいけないのかもしれないのだ。

帰国後、小川は船底にいるような方位感覚を喪失した状態のなかで作品を書きついでいったのだが、その際、溢れるイメージで意識が攪乱され狂気に陥ることから自らを護るために、あのようなぎりぎりまで削ぎ落とした文体が採用されたのだ。そして、ヨーロッパでの単車行がもたらしたものは、故郷もまた、絶対的なものではなく、旅の一地点であるという認識であった。すなわち、自らが生きてきた日本もまた、仮の宿りであるという相対化の視点である。ヨーロッパで日本と出会ったというのはそういうことだ。ヨーロッパに行かなければ、小川国夫は自らの生きた戦争中の日本を対象化することができなかったはずだ。

彼は「内向の世代」を代表する作家といわれている。政治的意識の旺盛であった戦後文学の視点から見ればそのように見えたのもわかる。いわゆるテーマ小説としての社会的意識はこの作家の作品には稀薄に見えた。だが、そろそろこの呼称も再検討したほうがいい。小川は戦後派の作家以上に昭和十年代の日本にこだわっている作家だからである。

数多い創作から何篇かを採り上げるとしたら、どれを挙げたらよいであろう。村の少年が旅の女役者に憧れる初期の佳作『役者たち』だろうか。あるいは、その続編とも見ることのできる、農家の若者が女役者と相愛になる『旅役者』だろうか。わたしもこれらの作品は、何度も何度もくりかえして読み、登場人物のやりとりや表情までを生き生きとこころに思い浮かべることができる。だが、ここでわたしは『弱い神』を採り上げることにしよう。実はこの作品は刊行されていない。タイトルも、わたしが仮につけたものだ。一九八二年（昭和五十七年）から一九八九年（平成元年）までの八年間に、独立した短編として『文學界』『新潮』『群像』『世界』に発表された作品（『三次』『弱い神』『巫女』『明るい体』）を連作とみなし、その頁だけを切り取って綴じ合わせ、自分だけの一冊の本に仕立ててあるのだ。『ヨレハ記』と『星の呼吸』も、その自家版の本の隣に並べてある。これらの長篇小説も、昭和五十年代に文芸誌に連載されながら、現在に至るまで刊行されていない。昭和三十年代に『青銅時代』に連載された『侵蝕』だけは私は本にしていない。これは作者によって完成を放棄された作品だから。

推敲という作業が、この作家の場合、特別な意味を持っていることは承知している。「エル・キーフの傷」でも『王歌』でもよい、初出と単行本とを比べて見れば、全く違う作品がそこにあることをわたしは知っている。だから、本来、こうした作品は、単行本として上梓されてから論じなければならないのだろう。小川自身、一九九一年（平成三年）六月に行われた埴谷雄高との対談の席上、これらの作品をいずれ完成させると語っているのだから、わたしどもは出刊を辛抱強く待つべきなのだろう。とはいえ、この作品は独立した短編小説として発表されたものだ。出版の際には面目を一新した長篇小説となるかもしれないが、現時点で言及することも許されるだろう。

この作品は、時代背景が、月日に到るまで具体的に明示されているという点で、小川文学の中できわめて特異である。物語の主要な舞台は一九四三年（昭和十八年）二月から一九四五年（昭和二十年）三月までの静岡県骨洲村である。主要な、というのは、この作品は、語り手の女性野末加代子（最後に発表された作品では野末妙子と変更されている）が過去を回想する形式をとっているからである。主人公は野末仙太郎という一九二五年（大正十四年）生まれの若者、すなわち、昭和と年齢が重なるひとりの若者である。父、野末嘉蔵は、流れ者の先代が苦労して創業した木工工場野末製作所の二代目主人で、町の有力者である。もうひとり、草巻三次という重要な登場人物がいて、彼は兄妹の幼なじみの農家の息子である。年は仙太郎と同じである。

すでに主人公が死んでいることが、加代子の語りからわかる。三十七冊の仙花紙の帳面に哲学的省察を記して死んだこの若者──小さく、弱く、哀れで、みすぼらしい見かけをした「神」の戦争中のようすを、一歳年下の美貌の妹が物語るのである。主人公の面影には、若き小川が影響を受けた年上の親友──中国大陸に出征し、終戦後にカトリックの洗礼を受け、後に函館トラピスト修道会の修道士となった、Sという実在の人をどこか思わせるところがある。この人は、主人公と同じように、中学時代に剣道三段、その後五段となり、静岡連隊入隊後は銃剣術の試合で優勝している。また、妹も兄の影響で修道女となっている。小川国夫におけるこの人の影響はほとんど語られてこなかったが、おそらく小川の人生で最も重要な役割を果たした人といってよい。

梗概を示そう。仙太郎は知力体力ともに抜群の少年である。両親はそれを誇りとし、語り手の妹も兄を尊敬している。独特の雰囲気があるので、級友からも人気があったが、十四、五歳のころから、友人を遠ざけて自分の中に籠もる傾向がでてきた。そして旧制骨洲中学校に入るとますますその傾向が顕著となり、一九四二年（昭和十七年）、十七歳の時、古書肆で求めたドストエフスキーに読み耽り始めてからは、一層その傾向が募った。旧制骨洲高女に通う加代子が肋膜炎にかかって寝込んでいたときに、仙太郎が加代子の寝間着を脱がせ、下着まで下ろしたことがあった。加代子は自分が兄の実験台にされたような印象も抱くが、それから兄をますます特別な存在、神のような存在として意識するようになる。加代子は三次から豚肉を密かに分けて貰い、古書肆の店主から『作家の日記』を含む十冊のドストエフスキーを手に入れる。兄仙太郎は『罪と罰』（上下）『悪霊』（上下）『カラマーゾフの兄弟』（上中下）の計七冊しか持っていなかったのである。仙太郎は、夏休みの間、海辺の放浪者のようにドストエフスキーを携えて自分に閉じこもっていたが、新学期になっても登校しようとはしなかった。帝大に進学させようと思っていた父親は心配するが、仙太郎は近くの村の親戚にしばらく預けられることとなる。一九四三年（昭和十八年）四月三十日、三次が姿を消す。加代子に思いを寄せていた三次は、加代子と仙太郎の間に何かあったことを感じており、その晩加代子に「お前は肋膜で寝ている間に処女膜を破られたな」と言った。加代子は思わず顔を歪めたことで心中を見抜かれてしまうのだが、実はその晩に三次は自殺していたのである。以前「仙ちゃんは自殺するよ」といって加代子を怯えさせていたのに、自分が先に死んだのだ。半年後の十月十七日になって、骨洲中学校校庭にある奉安殿の中で首を吊って死んでいるのが発見される。三次の自殺は死に方が死に方であるだけに、新聞ラジオでの報道は伏せられたが、大問題となる。自殺に関わっていたということで、仙太郎は警察から手錠をかけられて連行される。二日間の事情聴取で帰宅を許されたのは、警察にも幾分かは顔の利く父親が必死になって掛け合ったからだが、中学校の関係者や小学校時代の担任教師までが警察に呼び出されて尋問された。仙太郎は予科練か静岡連隊に志願するようにいわれる。帝大か陸士に進学させようと思っていた父親は苦悩するが、仙太郎を見込んでいる骨洲中学校の校長が、陸士にいる卒業生に働きかけ、何とか陸士に入学できるよう工作をする。父親は感激するが、当の仙太郎は勝手に静岡連隊に志願して、二等兵となり、出征するのである。父は料亭で深酒し、帰宅途中に海に墜ちて死ぬ。一九四五年(昭和二十年)三月、米軍上陸から静岡市を護るため、静岡市南西の長田村の海岸に陣地を造る作業に仙太郎は従事することとなる。直属の上官尾上哲少尉は、朝鮮人労働者の勤務状況が良くないことを腹立たしく思っていた。少尉は、敗戦を予感し、国体に殉じようと決意しているが、ある晩、仙太郎と哲学的対話を重ねる中で激昂し、腰のピストルを思わずこの「弱い神」に向けるのである。……

現実ではない、虚構なのだと何回言い聞かせても、読むたびに三次の自殺は戦慄的で、生々しく、わたしを動揺させる。この出来事は加代子によって次のように語られる。

三次さんは自殺しました。骨洲中学の奉安殿の中で首をくくって死んでいたのです。奥の壁にかけてあった写真と、棚にあった書類を下ろして床に置き、棚をいざらせ、四本の釘に荒縄を回し、端を輪にして、体を吊り下げたまま、ほとんど骨になっていたのだそうです。(中略)三次さんは正面を向いて吊り下がっておりました。(中略)扉はぴたりと閉まっておりましたから、五個月半もの間腐臭も流れ出ないで通ってしまったことになったのでしょう。(中略)中学のまわりは厳重に警戒しておりました。遠巻きにして、要所要所に警官が立っておりました。(中略)校庭の木の間がくれに、辛うじて奉安殿が見えました。扉は明け放してあるらしく、その辺に将校もまじえて十二、三人集っているのが判ってきました。(中略)抑えた厳しい空気がその一隅には立ち籠めているようでした。……

(「明るい体」)

幼い三次と加代子とが、小さな舟小屋で、煮干用のすだれを窓に掛けて室内を真暗にし、羽目の節孔から水平に射し込む一条の光を見つめる美しい場面がある。三次が自殺の場所として選んだのは天皇のイコンのある暗黒の世界であった。一筋の光も射し込まない暗闇の中で、三次は地上の王の肖像を床に下ろし、その上で首を括ったのである！

ロシア正教を信奉するドストエフスキーの小説世界に、兄のようにはのめり込むことのできない加代子は、骨洲カトリック教会を訪ねるようになる。聖堂に射し込む光に加代子が忘我を味わう場面で、わたしどもは、幼い加代子が三次と舟小屋の中で静かに見つめたあの光を想起しないわけにはいかない。けれども、入信を勧める日本人司祭に向かって加代子は公教要理全部が不審であると言う。


——無害なことですね、要理は。

——無害……。

——キリスト様はあんなに有害なことを言っていますのに……。

——キリスト様が有害なことを言う筈がないじゃあないか。

——なぜキリスト様は普通の人たちに殺されたんでしょうか。キリスト様の生きていらっしゃることが有害だからじゃあありませんか。今キリスト様が現れても、きっと殺されるような気がして、と言いますと、わたしは胸が迫り涙声になりました。

神父さまもハッとなさったようでした。


（「明るい体」）

仙太郎は、自分に陸士進学を勧めに来た先輩が、中学時代に弁論大会に出場したときのことを思い出して、帳面にこう記していた。「アジアで一千万人、日本列島で四百万人死ななければならないと思うけれど、その数はともかく、うっとりして帰属の感情を説いた幸助さんには、お前が憑いていたんだな。幸助さんは青いけれども輝く顔で、講堂の鴨居の辺を見ていた。あれがお前の取り憑いた瞬間だ。お前は無垢な魂を餌食にする。その結果は、野放図な虐殺だ」。ここにいう「お前」とは、あの「汚鬼」にほかなるまい。

肋膜炎に罹った加代子が見る夢がある。それは五匹のハイエナに襲われる夢だ。

一匹がわたしを見て近寄ってくると、一斉に起きあがり、汚れた毛並みを互に擦り合わせるようにして、ドッとそのあとに続きました。わたしを獲物と見なして、殺到してくるのに違いありません。わたしは逃げました。ハイエナたちはみるみる追いついてくる気配です。先頭の一匹の頭がわたしの右手に見え、跳びかかる機をうかがっているのが判りました。(中略)遂にハイエナが腰にからまるのをわたしは感じました。それを必死で押しのけるようにして、お茶番さんの小屋へ入り、間髪を容れずガラス戸を閉め錠をかったのです。(中略)ハイエナは拍子をとるように肩を交互に上げ下げし、地面を嗅いで動き回っていました。そして時たま頭を挙げ、ガラス戸を覗きこむのです。

(「巫子」)

障子を開けて現れた仙太郎は、本を片手にしながら「あいつらいよいよ来たな。俺を狙って来やがって」「俺は平気だ、平気だけえがな」などというが、加代子は咄嗟に「それじゃあ、わたしがこの汚い獣を兄のところへ導いて来てしまったのか」と思うのである。

小川文学においては、夢が現実と同等のリアリティを主張しているとしばしば指摘される。小川は意志的に夢見ようとしているのだが、ここでは、物語の中の現実が登場人物に悪夢のような圧迫を加えていることによる。聖書に登場する山犬を思わせる汚れた獣の群――それが汚鬼に取り憑かれた周囲の人々であることは明らかであるが、彼らには夢見ることすらできないのだ。仙太郎を撃とうとする尾上哲少尉は、こう描写されている。「少尉の骨ばった顔はよじれ、眼が鈍く光っていたのです。盲目ではないか、と僕は一瞬疑いました。いつか白銅貨が焚火のあとの灰の中から出てきたことがありましたが、それは乾板に写ったネガの白銅貨とでもいうべきでした。そのように、少尉の眼は黒く、しかも鈍く光っていたのです」。

ここでわたしは、この作品に、聖書ものと区分される作品群を重ね合わせたい。『弱い神』の野末仙太郎に、ユニアの面影をはっきりと見出すからだ。

『アポロンの島』（一九五七年）で「あの人」が刑場に曳かれていくようすを目撃していたユニア少年は、『或る聖書』（一九七三年）では「あの人」の忠実な弟子として登場した。そのユニアは、その後捕縛されて囚人船に乗せられたこともあったが、『血と幻』（一九七九年）では逞しい壮年の伝道者として現れる。ところが彼は両眼を抉り取られてしまうのだ。誰も問題にしないが、このことをどう受け止めたらよいのか。

語り手のマヨルダがユニアを訪ねていこうとするとき、彼女は五頭の黒牛を連れた五人の男たちとすれ違う。「あれで済ませたのか」「済ませたってことだろう」「済んじゃあいないぜ。あの野郎がやろうとしていることは、どうでもいいってわけにゃあいかん」という会話が耳に入る。胸騒ぎを覚えて急ぐと、薄暗い部屋の中で、ユニアが一人椅子に座って息を落ちつかせている。「わたしはわれを忘れてあの方に近づき、お顔を見つめました。眼は抉り取られたのでしょう。眼窩から血が溢れていました。染めものの甕のようで、赤い底しれない孔でした」。動かすな、というユニアを残して立ち去ったマヨルダは、帰り道で、先ほどの男たちを見る。「……光は淵のようで、その中をわたしは、ただ漂っていました。道に男が死んで転がっていました。さっきの険しい青い顔をした男です。見開いた眼が、陽の光に焼かれていましたが、わたしは手を伸ばして、閉じてやろうとさえしませんでした。少し行くと、もう一人の男が死んでいました。この男の眼も同じようになっていましたが、わたしはただ通り過ぎただけです。次々と、五人の男が死んでいるのを見ました。死骸は乱れ散っていて、この道で殺し合いがあったようでした。少し行くと五頭の黒い牛が、よだれを垂らしたり鳴声をあげたりして、迷っていました。ここは地獄か……、と思いました」。

敵の眼を抉るという行為自体は、古代世界ではありふれたものだ。古代中国にも、呪術的な意味合いで、敵の眼球を城門に置く行為があった。「骨王」（一九九一年）でも、「敵はギロに攻めさせ、男たちのすべての眼玉を求めています」という怯えた男の言葉がある。しかし、物語のなかで、眼が重要な象徴的役割を担わされていることを忘れてはならない。今や「あの方」と呼ばれるユニアは眼球を喪い、汚鬼が支配する現実世界を見ることが叶わなくなった。しかしその代償として、彼は、神の威光が遍在する世界をより一層深く夢見る者へと変容したのだ。

全ての人間が互いに殺し合う凄惨な世界は、『弱い神』と並行して書かれた「骨王」でも描かれている。敵ケシュラの三万人の軍勢がギロの街を襲い、応戦する十二族の軍勢に加勢するため、テンサの街からも千二百五十五人の男たちが、自らが王だと自覚したゴ・ニグレに率いられて出征する。やがて敗残兵がひとり、またひとりと帰還して、壊滅寸前の自軍のようすが村に伝えられる。そして、ある日ギロを通ってやってきた旅人が、恐るべき事実を告げる。ケシュラの兵士もギロの守備隊も、全て死んだと。「ははは、ケシュラ兵も全員戦死だ。勝ちを握ったのは死だと言うなら、勝者も敗者もない」。語り手によって、ゴ・ニグレは「王というのとは違った、この世の人の様を超えてはいたが、神というのでもない。汚鬼《おき》だ、汚鬼そっくりだ」と描写されていたが、旅人はギロの城門の上に死体となって坐る彼についてこう語る。「腐りかけていたのは致しかたないとしても、堂々とした骨格が見て取れた。そのうちに太陽と風雨に侵されて骨だけになっても、あのままの姿勢でいるだろう。霊は霊だけでいいんだろうが、人々への証拠として白々と眼に見える外形をとるのだろう。……ケシュラ人が身ぶるいして怖れているだけではない。飛ぶ砂も気圧されて、迂回するだろう」と。

現実そのものと等しく、この物語が意味するものも多義的である。城門高く、腐りかけながら坐す地上の王の姿には、かろうじて古代風な「勲し」の観念を見て取ることもできそうだが、登場人物の一人はいとも散文的にこのように語っている。「いいか、テンサを一頭の駱駝としよう。ギロも同じ駱駝としよう。そこへ旅人がやってきて、その駱駝を奪おうとする。すると駱駝の持主は怒り、駱駝は絶対に渡さない。とことんまで戦って勝とう、降伏するくらいなら駱駝を殺し自分も死のうと息まく。これが戦争だ」。

敵も味方も全員が戦い合って死ぬ。『血と幻』では、「あの人」の出現によっていささかの翳りが兆していたにせよ、兵士たちにはいまだ武勲の観念があった。「わが軍は岩の上に立つ柱だ。わが軍はたとえ軋んでも、しなっても、必ず立つことができる。また、今日の悲しみに堪えて、立っていなければならない。わが友が死んでも傷ついても、どんな悲しみに覆われようと、われわれは立っていなければならない。こうして、どれ程重くとも、皇帝陛下を高くかかげていなければならない。もし陛下をわれらが高くかかげることを止めれば、国民は木から離れる枯葉となって、チリヂリに吹き飛ぶだろう。陛下は畏いお方だ。しかし、陛下を高くかかげ、怖ろしさを万人に示すのは、われわれの務めだ。昨日は苦悶し、今日は死の岸へ去った兵隊を思い見よ。この男が、いかに陛下を慕いながら、闇に身を委ねたかを思い見よ。この男こそ、不動の柱の一部となった。生き残ったわれらも、やがてそうなることを、心から望まねばならぬ」。古代戦士が語るこの言葉が『弱い神』の尾上哲少尉が語る皇国思想と酷似していることに驚くが、しかし、「骨王」ではもはやその信念はぐらぐらと揺らいでいるようだ。兵士は怯えきり、部隊から次々に逃亡する。そして残された兵士たちは互いに殺し合い、敵も味方も全て死ぬ。「ここは地獄か」。この陰惨な救いのない世界こそ、小川国夫が見ている地上の現実にほかならない。

小田切秀雄は、歴史的意識が欠如しているという批判の意味も込めて、小川国夫を含めた一群の作家たちを「内向の世代」と命名した。だが、これまで見てきたことから明らかなように、小川国夫は現在、歴史的平面に存在的価値の垂直線を交わらせようとしている。同じ昭和を生きたとはいえ、小川は鷲巣繁男のように戦争に行ったわけではない。自らの手で中国の民家に火を放ったわけではない。しかし、戦争でこころに降り積もった憎悪と怨念を「愛」に変容させるために詩人になった鷲巣と同様に、憎悪の渦巻く歴史的現実の苛酷さのなかにこそ「愛」を夢見ようとしている。

小川は連合赤軍事件の小説化を構想したことがある。事件関係者に大井川流域と繋がりのある人物がいたからだが、結局この試みは放棄された。自分が向き合うべき事件ではないと覚ったからであろう。小川は、戦争中の日本こそが、カトリック作家として己が正面から取り組むべき世界と考えたのである。にもかかわらず『弱い神』が未刊行なのは、おそらく「書ききれていない」と作者が感じているからだ。確かに、物語がクライマックスを迎える主人公と少尉との哲学的対話は、現在のところ、三島由紀夫が『美しい星』で試みたような白熱する議論を彷彿とさせるものではなく、埴谷雄高が『死霊』で採用した閑談めいた形而上的対話でもない。これまで書かれた作品から考えて、登場人物が知的議論を交わすことが、この作家にとっていかに冒険的であるかは容易に理解される。この対話をいかに描出するかに、作者は推敲を重ねつつ呻吟しているのであろう。昭和の終焉が、作者のこの小説への取り組みにインパクトを与えたことは間違いないが、その後昭和天皇崩御に匹敵する量で報道されたオウム真理教事件（一九九五年）が、あるいは、この作品を完成させる上での困難を作家に与えているのかもしれない。……

いずれにせよ、この作家が、人々が互いに殺し合う地獄の時代にあればこそ、さらに深く夢見ようとする者であることだけは確かなことと思われる。

〈付記〉小川国夫は二〇〇八年（平成二〇年）四月に永眠し、『弱い神』は未完のまま残された。

小野寺 功

――西田哲学とカトリシズム

小野寺功（おのでら・いさお）は、一九二九年（昭和四年）岩手県に生まれた。須賀敦子と同年の生まれである。

軍人だった父親は、小野寺の生後すぐに亡くなっている。兄とともに、彼は助産婦として働く母親の手で育てられた。

戦時中は勤労動員に明け暮れ、戦後その過労がたたって脊椎カリエスを患い、花巻病院に入院した。兄が見舞いがてらに差し入れてくれた鈴木大拙の『霊性的日本の建設』には、思想的良心と気宇壮大な思想的展望とで一条の光を与えられた思いがしたが、その後岩手師範学校（岩手大学教育学部の前身）に進んだ当時の小野寺は「マルキストに近い自称合理主義者で多少ニヒリスト」（『聖霊の神学』春風社、二〇〇三年）であったという。敗戦にともなう精神的打撃はそれほど深かったのである。

それでも、一九四九年（昭和二十四年）、ザビエル渡来四百年祭を記念して全国を巡回していた「ザビエルの右手（聖腕）」が盛岡市の白百合学園に来たとき、「何かある」と思って出かけた小野寺は、荘厳なミサ典礼に接し、これをきっかけにカトリックに接近することとなる。さらに吉満義彦の『哲学者の神』（みすず書房）と出会い、「宗教と哲学と詩がひとつになって」いるこの書物に感銘を受けた小野寺は、一九五一年（昭和二十六年）に上京して上智大学に編入し、哲学を専攻した。アメリカ軍の兵舎をそのまま活用した学生寮に入った彼は、舎監だったドイツ人神父ボッシュに公教要理を学んで、翌年にカトリックの洗礼を受けた。『詩と愛と実存』や、みすず書房版『吉満義彦著作集』全四巻を精読したが、小野寺が吉満から受け取ったものは、トミズムそのものではなく、アウグスティヌスとトマスを「異質媒介」しながら、それを「同時性」で捉えるという「独自な感覚」であったという（『大地の神学』行路社、一九九二年）。これを小野寺は「霊性的思考の道」であるとしている。確かに小野寺のいうように、吉満の筆は、アウグスティヌスやトマスのみならず、「デカルトやパスカル、トルストイやドストエフスキー、キルケゴールやリルケにまで及んでいる」。こうした吉満の思考を小野寺は別のところでは「日本人独自の矛盾的自己同一的な思考」（『評論　賢治、幾多郎、大拙』春風社、二〇〇一年）とも呼ぶ。

学部ではハイデガーにおける超越の問題を専攻した。ハイデガーの「存在者の存在」「存在忘却」などの問題には共感を覚えたものの、彼の「存在」概念がなかなかに掴むことができなかった。神学研究から哲学へとおもむいたハイデガーの絶対者観が釈然としない。当時の小野寺は、出身地東北の「土俗的なアニミズムの精神のようなものを、根こそぎ否定して、厳密な理性の要求に従うことが真の哲学であり、真の論理である」と信じたが、次第に行き詰まりを感じるようになった。

そこで大学院では、それまで独自に親しんでいた西田幾多郎をとりあげようと思ったが、指導教授のジーメンス神父からの許可が出ず――要するに、西田哲学は哲学ではない（！）ということである――禅仏教にも造詣が深く、鈴木大拙や吉満義彦とも交友のあったデュモリン神父の指導の下にアウグスティヌスの歴史哲学に取り組むこととなった。ヘレニズムとヘブライニズムをいかに統合するかに苦闘したアウグスティヌスを研究するなかで小野寺に兆してきた思いは、戦後の日本社会において、アウグスティヌス的課題を果たすとすれば、自分に何が問われるかという問題であった。彼はアウグスティヌスの研究家になるつもりはなかった。彼は文芸評論家亀井勝一郎のような、自己探求的な仕事がしたいと考えていた。「信仰は共通であるにしても、信仰の大地がまったく違っている」。それを無視してはならない。

そこでカトリックへの帰依以前に親しんだ鈴木大拙の「日本的霊性論」が浮上してくるとともに、西田幾多郎への関心が芽生えた。「日本的霊性の論理化ともいうべき西田哲学は、それまで学んできたいかなる西洋哲学よりも私の心の根源にふれ、霊性的要求と学問的要求の両面を統合し、一つの「世界」として造型深化させていく創造の論理を所持しているように思われ、深く魅了された」（『大地の哲学』）のであった。とはいえ、西田哲学とキリスト教というテーマは困難な問題設定ではあった。西谷啓治の『神と絶対無』などによって、自分の問題意識が決して突飛なものではないとは思ったものの、どのようにこれが結びつけられるのかはなかなかに見えてこなかった。

ある時期に、小野寺は、アウグスティヌスの三位一体論を、西田哲学の絶対無の場所的論理を用いて解釈することに思い当たる。

……父と子と聖霊はともに啓示の神として、絶対有であるという把握は当然であるが、ただ三にして一なる根拠は、有ではなく「絶対無」として把握さるべきだと考える。こうして三位一体のなかに絶対無即絶対有の全一性が確保されることになり、キリスト教的認識は東洋的性格をも抱擁して一段と深まりをみせ、東西の出会いに決定的に貢献することになるはずである。この考えから哲学的、神学的原理である「三位一体のおいてある場所」の発想は自然に生まれてきた。

（『聖霊の神学』）

ところが、これを中世哲学の江藤太郎教授に話したところ、「三位一体の場所など、それは過去の異端の系列によくある考え方だよ」といわれショックを受ける。「限りなく異端に近いが決して異端ではない」とこころに呟きながらも、小野寺は自らの哲学的才能に半ば絶望して、一度は哲学徒として生きることを断念したのであった。第二ヴァチカン公会議以前の話である。

一九五八年（昭和三十三年）、小野寺は横須賀にある清泉女学院小学校の教師となった。しかし、就職して三年目の卒業式の当日、生徒を引率していたさなかに、カトリシズムと西田哲学とが、

「三位一体のおいてある場所」として把握されるべきなのだということが真理として直観された。これは本人にとっては啓示的な体験であり、彼は哲学徒として再起を誓ったのである。

一九六三年（昭和三十八年）、大船にある清泉女学院中学高等学校に移った小野寺は、若干の時間的余裕ができたこともあり、自らの根源的直観を言語化することに努力することとなる。高校教師になって四年後の一九六七年（昭和四十二年）には「西田幾多郎論」を、一九六九年（昭和四十四年）には「伝統と創造の課題における日本的霊性の理念」を、上智大学のカトリック総合誌『世紀』に執筆した。第二ヴァチカン公会議によるカトリック界刷新という時代の息吹も小野寺の歩みを後押しした。一九七〇年（昭和四十五年）から清泉女子大学の非常勤講師となった小野寺は、カトリックの立場から西田哲学を論じた松本正夫の論文「存在類比の形而上学的意義」ならびに「無からの創造論考」に触発されて、一九七四年（昭和四十九年）に『カトリック研究』に「場所的論理とキリスト教的世界観——トポロギー神学への一試論」を発表したのであった（三論文とも『大地の神学』所収）。これが小野寺の「聖霊神学」への出発であった。一九七六年（昭和五十一年）から大学の専任となった小野寺は、研究のための環境条件も整い、独自の思索を進めていくこととなる。

以上で小野寺の思想的遍歴の記述を終え、小野寺の思想をわたしなりにパラフレーズして示すことにしよう。

西欧キリスト教神学は「信仰」と「理性」との弁証法的力学により展開してきたが、両者の究極的統合解決に成功しておらず、西田哲学の場所的論理によりこれを打開することができる。場所の論理は、アリストテレス流の「主語的論理」でもプラトン流の「述語的論理」でもない。それは「繫辞の論理」である。通常、場所的論理は「述語的論理」とされる。西田も確かに究極の述語を「絶対無」の場所と考えてはいるが、その場所において超越的主語と述語が結合する点にアクセントを置けば、「場所の論理」は「繫辞の論理」といいうる。しかし、小野寺は次第に、主語、述語、繫辞の三位一体構造を考えるようになる。「真の具体的実在は、それを反映する命題判断の構成が示しているように、単に主語からでも述語からでも、繫辞からでもなく、本来三位一体的な根源的判断によって成立するものだからである」（『絶対無と神』）。西欧キリスト教神学における三位一体理解はもとより存在論的には真理だが、三位一体を絶対無ととらえることにより、絶対無（一性）即ち絶対有（三位）という神理解が可能となる。神の三位一体は、絶対矛盾的自己同一的に展開されるものである。

ここから開けてくるものは、聖霊論的神学である。従来西欧神学において神論やキリスト論のようには聖霊論が深められてこなかったのは、聖霊が二項対立的な西欧的論理によって対象化（～について考える）することができないものであったためである。西田哲学の場所的論理（～において考える）によってのみ、人間主体と聖霊という絶対主体が一致するという聖霊論的思考が可能となる。聖霊神学においては、キリストを信じるというよりも、キリストがわたしのうちにおいて信じるという信仰への転換が必要となる。ここでは「霊性」という言葉が鍵語とならざるを得ない。聖霊論的思考とは、わたしが聖霊と一致調和するという「霊性の自覚」のことだからである。このように人間を「霊性的実存」としてとらえることが聖霊神学の基礎である。これは人間を、霊・魂・体の三層構造として捉える聖書的（パウロ的）人間観と対応するものである。人間の思考・感情・意志は、魂（いわゆる「知性」）の働きである。これまで聖霊神学が確立できなかったのは、「理性」よりも、知・情・意の全体を包括する「感性」を軽視したためである。霊性的実存思想は要するに感性論的哲学だが、西田幾多郎の純粋経験論はこれに近い。ここでも西田哲学によって聖霊神学が学として基礎づけられることがわかるのである。

以上、はなはだ粗雑な要約ではあるが、小野寺の主著である『大地の哲学』『大地の神学』『評論　賢治・幾多郎・大拙』『絶対無と神』『聖霊の神学』を読み解き、わたしの理解した限りにおける小野寺の思考の骨子は以上である。小野寺が西田哲学をキリスト教に当てはめようと暗中模索していたときに、ソロヴィヨフが光明となったことはここで記しておこう。吉満義彦らの著書からソロヴィヨフに関心を抱き、小野寺は独訳で彼のソフィア論に接近している。そしてそこに独自の「場の思考」を見出して力づけられたのであった。また、西田哲学の「場所的論理」については、その発展深化というべき鈴木亨の「響存哲学」が論理的補強として援用されていることも付け加えておこう。

さて、小野寺の思索はダイナミックな発展というものには乏しい。キリスト教神学の三位一体論を西田幾多郎の「場所の論理」によって再解釈するという着想がまずあり、以後の歩みはその論理的精密化に費やされたといってよい。一九八〇年代に入ってから、それまでの孤独な思索はアカデミズムの開かれた場で議論の対象となるようになる。そのなかで小野寺は、西田幾多郎とバルトに師事して独自のインマヌエル神学を構築した滝沢克己、鈴木亨の響存哲学、神学的宗教哲学を追究する武藤一雄らから刺激を受け、自らの思索を精密化していったのであった。

小野寺は、鈴木大拙の「霊性」については説明を省略して議論を展開していくので、いささか註釈が必要であろう。大拙のいうところの「霊性」とは、およそ全ての民族に内在しているところの原宗教的意識の謂である。日本的霊性の覚醒は鎌倉時代である。それは元寇という衝撃的な外圧により高まった精神的内圧により生じたものである。そうした外圧と内圧の相互作用が民族的霊性の覚醒には必要なのである。このような大拙の考えが、小野寺に、日本近代のキリスト教という外圧について、鎌倉時代における仏教と重ね合わせて見るように促したことは想像に難くない。

西田の「絶対矛盾的自己同一」なる概念が、西欧の対象論理を突き崩す論理であることは改めていうをまたないが、西田は、神秘主義を含めた超越的一神教の二元論も、内在的汎神論の一元論も退け、不一不二元論たる超越的即内在的な宗教を真の宗教としている。神は西田において絶対無として理解されている。そこでキリスト教の玄義である三位一体の神を絶対無として理解し、三位一体を絶対矛盾的自己同一という場所的論理によってとらえれば、父と子と異なり、対象論理では理解しがたかった聖霊を理解することが可能となるはずであろう。それは三位一体という中心的神学課題を新たな思考の枠組みで再構築することであり、そこからキリスト教の本質を喪失することなく、日本独自のキリスト教理解が生まれると小野寺は考えたのである。

ところで、「大地性」という小野寺独特の用語はわかりにくい。彼は、著書のさまざまな箇所で、これを多義的に用いているからである。意図的かもしれないが、これは小野寺の思考の鍵語であるから、いささか問題であろう。そもそもは鈴木大拙から由来する言葉で、小野寺のディスクール上では、鈴木大拙の「大地」とは、要するに西田幾多郎の「場所」なのである。しかしその一方でこの「大地」は小野寺自身の出自である東北の風土の謂でもあり、文脈によっては、民族の心性の基底であり、聖霊の働く具体的世界を意味する場合もある。初期の著書のタイトルに「大地」という言葉を冠しているように、この言葉に対する小野寺の思い入れは深い。処女作『大地の哲学』の冒頭は東北という風土に対するきわめて文学的な記述から語られている。「明治以降のヨーロッパ文化の受容と摂取にも、表面上はともかく、その深層においては決してなじまない大地的精神が一貫している」東北の風土が持つ特異性が、自身の思索に深い影響を与えているという自覚を彼は抱いている。「この地方に生活した者の実感としては、風土は常に一種の黙示であった」(『大地の哲学』三一書房、一九八三年)と彼は回想する。正直に申せば、わたし自身には「大地性」というものを風土的に実感する感受性に乏しいので、この言葉を理解するのが最も困難であった。

根本のところで、小野寺は、キリスト教の文化内受肉の思いから、日本古来のアニミズムとキリスト教的聖霊論とを結合したいと願っているようである。自己の根底に絶対者を感じている日本人(内在的超越的)の伝統的思考を、天に対象的認識の客体として絶対者を位置づける西欧人(超越的内在的)と結びつけようとするとき、そこに聖霊論的思考が必要となるということなのであろう。小野寺は、教理的に父、子、聖霊の順番で考えるのではなく、霊性的自覚から聖霊体験に進み、その後キリストへ、そしてキリストを通して神へ、と上昇していくと説く(『評論　賢治・幾多郎・大拙』)。これは井上洋治が、福音体験から霊性へ、そして神学へという思考の道筋を考えたこととも重なり合うものがあろう。

ここにおいて、神学を文学に引き寄せて考えると、戦後のカトリック作家が取り組んだのは、たしかにもっぱら「神」であり「キリスト」であり、「聖霊」ではなかったように思われる。聖霊論が盛んな時代、盛んになるべき時代には、カトリック文学もまた自ずと変容をうながされるであろうが、それはどのような小説に、あるいは批評になるのであろうか。

宮澤賢治に対する小野寺の「聖霊論的」アプローチは、その意味ではわれわれの興味をそそらずにはおかない（「大地の文学・大地の思想――私の宮澤賢治論」『評論　賢治・幾多郎・大拙』所収）。とはいえ、賢治の文学創造の源泉たる風土体験を、西田哲学の「絶対無の場所」と似た「聖なる地点」から湧出するものとし、作品として造形される「心象風景としての実在体験」が西田のいう「純粋経験」と同一であるという小野寺の見解は、彼の著書を読み込んでいない読者にとっては、論の展開にいささか緻密さを欠くこともあって、大胆きわまりない印象を与えるに違いない。このような哲学的概念を持ち出すならば、周到緻密な論理展開をする覚悟が必要であろうし、別のやり方としては、こうした概念は行間に秘めて表向きは一切使わない方法もあろう。

また小野寺は、賢治の「新たな詩人よ／嵐から雲から光りから／新たな透明なエネルギーを得て／人と地球にとるべき形を暗示せよ」という詩句を解釈するにあたり、「嵐」「雲」「光」などの語彙が「単なる比喩」ではなく「仏教的には仏性、キリスト教的には聖霊の発現を指している」とするが、ここでも精密な論理の展開に欠ける憾みがある。小野寺は、仏教の「法（仏性）」

とキリスト教の「聖霊」に東西共通の根源の開示を予感している人であるから、このように述べることが了解できるが、一般論として申せば、聖霊は、父なる神や、子たるキリストと違ってフォルムを持たないから、文学作品に現れるさまざまな自然の諸形象を「聖霊の発現」と強弁することも可能であろう。そういう危うさを「聖霊論的」な文学への接近は持っているのではなかろうか。「聖霊」が「教会」から外へと出ていくということは、確かに小野寺のような「読解」を許容するのであろうが……。

小野寺の賢治論は、近代文学を、聖霊神学の視点から読み解くという興味深い具体例だが、著者のユニークな着眼から、これまでのどのような賢治研究にもない新鮮な風景が現れてくるかというと、率直に申して必ずしも鮮明ではない。それは高村光太郎における智恵子像に聖母性を見て取るあたりにも、小林秀雄の「無私の精神」と西田の「純粋経験」とを結びつけるあたりにも感じられることで、鋭い直観を感じさせるのは確かだが、そこから新しい世界を読者の眼前に次々と繰り広げていく批評の醍醐味がなく隔靴掻痒の読後感が残る。もとより、小野寺功は文芸批評家ではなく、また啓示された真理の言語的認識たる神学と、自我の言語的表現である文学とが背馳するものであることも承知してはいるのだが。

遠藤周作の文学的軌跡を、小野寺は「正確に聖霊論的な内在的超越のアプローチになっている」と見ている。小野寺がこのように見るのはわかる。そしてこの視点は、上総英郎にせよ、武田友寿にせよ、従来キリスト論の地平でばかり論じられてきた遠藤論に新たな視点を提供するものとして魅惑的だ。だが、小野寺が遠藤に言及した文章を読む限りにおいては、十分に議論が深められているとはいえない。これは神学的素養を持つ文学研究者の課題であろう。キリスト教神学から文学の側への問題提起として受けとめるべきなのである。

高田博厚

——運命に逆らわぬ生涯

高田博厚（たかだ・ひろあつ）は、一九〇〇年（明治三十三年）、石川県に生まれ、一九八七年（昭和六十二年）、鎌倉で没した。須賀敦子の父親の世代にあたる。

父高田安之介は司法官。母敏子は岡山県倉敷近くの庄屋の娘である。キリスト教信仰を持つこの母親が博厚に与えた影響には、十歳のときに死んだ父親に比べて深く大きいものがある。父の郷里石川県で生まれたが、父が弁護士を開業するために、生後二歳で福井県に移住した。九歳のころ、母親に手を引かれ、プロテスタント教会に通い、十二歳のときに洗礼を受けている。中学時代、牧師のいなくなった教会の牧師代理をつとめたこともあり、同志社大学総長の原田助から、同志社に移り、神学校に進学して聖職者になることを勧められたこともあった。中学卒業後、画家になることを志して上京した。東京美術学校を受験したが失敗し、二十一歳のときに東京外国語学校伊語科に入学した。

母敏子には誰にも明かさない秘密があった。自分の父親がハンセン病を患ったことである。このため、一家は村を捨てて大阪に移り、敏子は同志社女学校に進学したのだった。敏子はこの秘密を、女学校で親友となった山田ひさお、ただひとりに明かした。山田夫婦の仲立ちで、彼女は博厚の父親の後妻として高田家に入った。夫はこの「秘密」を知らなかったらしい。東京外国語学校に進学した博厚は、大塚に母と妹と三人で暮らしていたが、近所に山田ひさおの姪がおり、よく訪ねてきた。その姪の娘庚子生（かねお）は津田英学塾に通っていたが、高田博厚との間に恋愛関係が生まれた。博厚の母親は、自分の父親がハンセン病に罹病した事実がこの娘に知られ、息子の知るところとなることを怖れ、息子の恋愛相手の娘とその母親に、この秘密を明かし、結婚を諦めるように懇願した。そして、息子にも、結婚を諦めるよういった。博厚はいぶかり、理由をいって欲しいといった。根負けした母は、秘密を息子に明かした。母子は抱き合って泣いた。衝撃を受けた博厚は、その晩、自殺を考えたが、思いとどまり、翌日、娘に秘密を打ち明けた。娘はすでにそのことを知っていた。二人は結婚した。

——以上のできごとは、高田を論じる上でほとんど触れられることがないけれども、敏子の熱心なキリスト教信仰が父親のハンセン病発病と切り離して考えることは難しく、博厚の思想形成においても、看過することはできないであろう。

高村光太郎の知遇を得た博厚は、絵画から彫刻へと転向したが、尾崎喜八、片山敏彦らと親しく交わる。また、中原中也、小林秀雄、大岡昇平といった人々との交際も生まれた。同人誌『東方』を出したりもして、二十代が終わる。

四人の子供が生まれていたが、一九三一年（昭和六年）、三十歳の博厚は、妻子を日本に置いて、フランスに渡る。頒布会の会員を募り、旅費を工面したのである。フランス滞在は、第二次世界大戦を挟んで一九五七年（昭和三十二年）までの二十六年間に及び、その間に、妻は別の男と親しくなる。四人の子供は、長男が京都の養護学校に入り、次男は名古屋の妻の実家に、三男は神戸の妻の叔父夫婦にそれぞれ預けられ、長女だけが博厚の母の下に残され、――要は、離散してしまうのだ。

回想録『分水嶺』（岩波書店、一九七四年）の第一章「郷土を去る」は、次のような文章で結ばれる。

空の高い澄んだ朝だった。母は国府津まで送ってきた。汽車が来て、私は二等車に乗り、踊り場に立って、冬の陽だまりの中にたたずんでいる母を見降した。白髪が輝いている。汽車が動きだすと、母は膝に手が届くくらい深ぶかとお辞儀をした。

これが母を見た最後であった。（中略）

幼い時から、クリスティアンだったこの母に薫陶されなかったら、私は一生「神」を考えつづける人間にはならなかったろう。

一生「神」を考えつづける人間、という最後の言葉は、真実の告白である。『分水嶺』一巻は、回想録の形式をとっており、神学論議などがありようもないが（高田は「私は「神」をかつて説明しようとしたことはない」といったことがある）、その内実は「神」を巡る思索の書としかわたしには見えない。

骨肉を日本に残した高田をフランスで迎えたのは、片山敏彦（一八九八〜一九六一）であった。彼は二年前に高知で医院を営む父親の経済的負担で私費留学していたのだが、高田と入れ替わるようにして日本に帰っていくのである。

汽車はリヨン駅に着いた。それが止る前から、私は窓から首をつき出していた。大きな天蓋に覆《おお》われたプラットフォームに入る。人混《ご》みの騒音が全くなく、妙に薄暗い。その中から片山敏彦が駆けよってきた。私は小さなトランク一つぶらさげて汽車から降りた。二人は泣き笑いみたいな顔付になった。

「とうとう、来たね」

「とうとう、来てしまったよ」

高田は、ホテルの片山の部屋で葡萄酒を飲みながら二年ぶりに語り合う。

彼は変わっていない。けれども一層明るい、一層自由に見える彼の顔付を私は見つめた。そして、この土地に来たばかりの私が、背になにか重いものを背負っているのを感じた。私はこのフランスについてなんにも知らない。そして日本で同じ思想を持ち、同じ精神を抱いて、交わり語り合ってきたこの「友」を通して、私はフランスを感じた。（中略）「彼は変わったなあ……」日本での彼は、生活苦を経験しない境遇で、いわゆる「世間知らず」であることが、かえって彼を臆病にし、「社会問題」に向って自我自身の精神の純粋性を対峙させる矛盾や反省については、きわめて消極的で、触れたくないタブーのようであったが、今の彼はそういう問題から釈放されたように見える……

高田は片山に導かれ、ロマン・ロランをはじめとする多くの知識人に引き合わされるのだが、ロランに会う前、マルセル・マルティネのサロンに行った時、高田は自分について何も知らないはずの彼らが示す親切に驚く。

これが「社交」なのか？　日本では互いにめったに示し合うことのない「人間関係」の善意に、私ははじめて触れて戸惑《とまど》ったのであった。ロランの「信頼」もこれなのか？　私個人に対してというよりも、「人間」に対しての信頼なのか？（中略）言葉が通じない不自由さを踏み越えるには年月がかかり、その後私も苦労したが、それだけに信頼によって結ばれる感動は美しいだろう。片山の二年間のヨーロッパ滞在で、フランスでもまたドイツでもこの言葉の不自由さに困っただろうが、だから、彼には信頼の感動の方が残り、それを一生持ちつづけていた。それは「美しい」ことなのだ。

最後の一行には、片山敏彦という人間への暖かな愛情と理解がある。『分水嶺』には、このような、納得のいく洞察がそこかしこに溢れている。

日本に帰る片山を見送った高田は、フランス――というよりパリに、以後三十年近く暮らし続けることになる（高田は、日本にいるときには東京に、フランスに渡ってからはパリに「執着」した）。それは、彫刻という仕事を通して西欧の「神」を見いだす歳月でもあった。

高田は己の思想の精髄を、次のような言葉で語っている。

もし彼ら（注・芸術家のこと）が「運命」を切実に感じる時があるなら、それは「自我」のもっとも奥深いところでもっとも謙遜に「これ以外に在りようがない」と、自分の中の熱情と執念とを是認する時だけだろう。そこでは「希望」と「絶望」とがすれすれにある。「不安」と「委託」が同居している。彼らにとって「運命」とはこれのみである。――そして、たぶんそこにのみ「神」があるのだろう。

「運命」という語彙は、母の秘密を知ったときの衝撃を記した若き日の同人誌『東方』掲載の文章にも見出され、後年の高田にとっては「自我」とともに、キーワードである。〈私は嘗て「運命」に逆らったことはなかった〉と彼はいう。こころの最も深いところから微かに聞こえる「自我」の声に従うこと、それは「運命」に従うことと同義であり、「神」の意志に従うこととも等しいのだ。もっとも、この声を聞くことは難しい。なぜなら〈自分をまったく孤独の状態におく力がないとき、「自我」と照応するものには会遇しないからである〉。高田の精神形成の基礎には大正の白樺派的理想主義があり、渡仏後のフランスでの人々とのかかわりと彫刻の仕事をとおして、このような思想が形成されたのである。この思想は、カトリックにいうところの「召命」(ヴォカチオ)の近代的解釈のようにも映るし、教会を必要とせずに神と直結しようとするという点で、ある種の神秘主義とも映るが、何よりも重要なことは、高田がこれを知識として書物から学んだのではないことだ。その意味で、この思想が「正しい」か否かを問うことは虚しい。ついでに申せば、高田の精神に抜き難くある「西欧」の優位、就中《なかんずく》、「西欧近代」の優位が、ほかならぬ西欧社会の内部から、レヴィ・ストロースのような人が出現した以後の世界に生きるわたしどもから見ると、そのまま同意しかねるものを感じさせることは事実である。しかし、こころの最も深いところからきこえる「自我」の声を「運命」とし、そこに「神」を感得する高田の思想をひとりの芸術家の否定しえぬ思想として承認するとき、彼の「西欧絶対主義」を批判しても始まらない。高田は森英介について書いた文章のなかで、〈キリスト教精神が歴史的に抱きつづけてきた「自我の祈り」〈単なる「信仰」ではない！〉の究極には唯一「神」がある〉と記しているが、先に引いた己の思想を別のいいかたで説明している。彼はヨーロッパ思想における「ミスティシズム」は「神の意志」を指すといい、〈この「神の意志」とは、「自我」なる孤独な「存在」が極点に於いて「対面」するであろう「唯一の自我」、この啓示が「神の意志」であろう〉と述べている。

この「神」はキリスト教の神であろうか？　然り、とわたしはいいたい。高田は内村鑑三について書いた文章のなかでいう〈「三十年近くに及ぶフランス生活中」私はキリスト教信者ではなかったが、自分の思索の根底には常に「唯一神」があった〉と。

もっとも、これが最晩年の文章であることを忘れてはならない。高田は〈僕はかつて「神」を予定したことはなかった。僕にはまだまだ禁断の言葉だ。とても力がない。だから「形而上的」という言葉でしか言えなかった〉（「森有正兄への手紙」一九五三年）と書いたことがある。三十年近くに及ぶフランス生活を切り上げて日本に帰国したとき、サルト県ソレームにあるサン・ピエール修道院（ベネディクト会）に入ることが選択肢として真剣に検討されたことも忘れてはならない。高田は、女性の裸体彫刻像を制作することができなくなるために、この選択を放棄したという（ロバート・バルディックの『ユイスマンス伝』によれば、『カテドラル』執筆時代のユイスマンスも、芸術家を受け入れるこの修道院に引退することを考えているが、熟慮の結果とりやめている）。

帰国して後も、高田は〈カトリック信徒にはまだならないだろう。けれども私が求めていた「神」はいた〉（「忘れ得ぬ断章」一九六一年）と述懐している。キリスト教（カトリック）の神は、高田にとって、それほど「絶対」のものであったのだ。

ところで、高田博厚や片山敏彦は、トリスタン・ツァラ、アンドレ・ブルトン、ジョルジュ・バタイユといった文学者と同世代人である（ヘミングウェイやオーウェルとも同世代）。ことに、バタイユと片山は、生没年がほとんど同じである。だが、「二十世紀最大の芸術運動」と持ち上げられることもあるシュルレアリスムに対して、高田も片山も、実に冷ややかであった。これは、かれらの精神的遍歴からして当然のことである。改めて驚かされるのは、『分水嶺』に、ブルトンをはじめとするシュルレアリストたちが名前が全くといっていいほど登場しないことだ。あたかも彼らは一九三〇年代のパリに存在しなかったかのようだ！　岡本太郎（一九一一～一九九六）がフランスに渡ったのは一九二九年のことで、三十年代をまるまるパリで過ごした太郎が、「無頭人」のメンバーらと親しみ、シュルレアリスムと接触したことには、世代的必然性を感ずる（バタイユとシュルレアリスムの関係も一筋縄ではいかないが）。だが、不思議に思うのは、第二次大戦後に出発し、二十世紀後半の文芸ジャーナリズムを主導することとなった詩人や評論家たち、飯島耕一といった、戦争体験を持たない昭和一桁生まれのかれらが、シュルレアリスムに強く誘惑されたことである。その理由を、わたしはまだ深く納得できずにいる。

彼らは、たとえば「日本で唯一のシュルレアリスト」であった瀧口修造（一九〇三～一九七九）と親しんでも、ロマン・ロラン友の会会長片山敏彦とは無縁でありえた。なぜ、そうできたのか。それは「当然」のことであったのか。ジョルジュ・バタイユは、およそロマン・ロランとは対極的な精神を持つ思想家と考えられるが、彼は最晩年のロマン・ロランを二回訪問している。わたしはシュリアの『バタイユ伝』でその事実を知り、驚いたのだが、ヴィズレーでの二人の対話を想像することがある。我が国の場合、ロラン的精神とバタイユ的精神（それが日本であり得たとしたら）との、世代を異にした生身の人間を通した接触は、遂になされないままに、今日に至っているのではないだろうか。それが、片山敏彦が今日、無視に等しい忘れ去られ方をしていることと無関係とは思われないのだが。

一九五七年、高田がフランスから帰国したとき、東京駅で出迎えたのも片山敏彦だった。「二十八年前パリで再会したとき、またもっと昔三十七年前はじめて彼に会った時と少しも変わらない、あどけなくすんだ彼の眼付を私は見た」。「けれども帰ってきて、三十年ぶりに私は前とは違った片山を見いだした。酒乱になる彼は実に私を悲しませた。そういう時語る彼は、若い時私たちが分け合ったあの精神の清澄ではなかった」。何があったのであろうか。〈戦争中「沈黙」の中で彼は最も強靱であったろう。戦後の疑似自由とデモクラシーは「生活実験」に乏しい片山に錯覚を与えた（中略）戦争中杜絶していた「ヨーロッパ的精神」を求めて若い人々が片山に接近した。しかし彼らが日本の場に「日本慣れ」して、独り立ちできると、彼は西洋文化紹介者として見られただけである〉。

片山は本質的に「日本慣れ」できない人間、というよりそれが彼の「精神」を貫いてきた。この「日本化」できないということは、日本文化の特殊性とか日本精神伝統などという簡単な局地的課題ではなく、ゲーテが願った「普遍精神」に基づくものである。そして明治以来日本の真の「知性」が求めていたものは、西洋文明の模倣追従ではなく、西欧が闘争を通して築き上げてきたこの「人間意識と精神の普遍性」であった。片山も私たちも一生求めつづけ、「自我」の存在理由でもあったのは正にこれであった。（中略）私は彼の酒乱を見た時、そこだけが「日本化」したことに限りなく寂しかった。彼は「孤独」に生きつづけてよかったのである。私は片山を悲しむより、彼をこうさせた「日本の場」を憎悪した。（中略）そして私は片山の死の直前まで、ほとんど二年ばかり彼に会わなかった。「二人して」築きあげてきた城砦《とりで》が崩壊するような情けなさであった。

けれども彼もまた一生「神」を求めつづけてきた。日本人にはきわめて縁遠いこの「神」、この「イデア」。（中略）私は彼の「甘さ」も、彼が一生傾倒していたロランの「甘さ」も承知している。しかしこの甘さが西欧が「経験」してきた「神」に連る時、もう「日本的甘さ」ではなくなる。（「片山敏彦」）

高田の分析は、単純化すればこういうことだ。片山敏彦や尾崎喜八が抱いた「理想主義」が、日本にいたばかりに歪められた、というものである。尾崎喜八への追悼文を引こう。

……理想主義というものに対する熱情は君の一生を貫いていたと思う。（中略）ただ、日本の精神風土というか、体質は、そういう一つの理想主義を純粋の理念として守りとおすことが殆ど不可能である。戦争時代の混乱期にも、君も、これは理想主義の、日本の土壌の故に表れた一つの変形だと思う。それをそれ以外の立場から云々することは君を理解していないと思う。私はパリでそのことを知った時に、正直に感じた。（「尾崎喜八追悼」）

高田は、日本の「土壌」とか「体質」といういいかたをしているのだが、「土壌」とか「体質」という表現は、わかるようでわからない。高田の指摘には一面の真実があるだろう。しかし、「体質」とか「土壌」とかいうかぎり、日本では「理想主義」は永遠に歪められたままであるしかないということになりはしないか。

さまざまな機会に高田は書いている。たとえば、〈日本では「新しく」なければ迎えられない。このような国では、一生を必要とする辛抱力、「世間」を忘れて仕事をつづける熱情、貧乏を耐え抜く力、「美」のためにはほとんど不可欠のこれらの条件は忘れられてしまう〉と。また、ゲーテやドストエフスキーに夢中になった日本の知性が晩年になって日本的趣味の世界に休息するようになるのは「耐久力、持続力、求心力の不足なのか?」と。最後に疑問符が付いているのは、高田自身にも、これ以上の解明ができないからであろう。……

彼（注・片山敏彦）の内面性は彼を世俗から超脱させた。「始末におえない世の中」。その塵を彼は全然浴びなかった。だから、誠実を以てする裏切や嘘にも害《いた》められなかったろう。けれどもそれよりももっと大変な「始末におえない自我」との闘争。美《うる》わしき理想が、それ故にしばしば私達を嘘の陥し穴に踏み外させる危険な道、これも彼は通らなかったろう。彼の清澄な魂がいつも空の星を見つめているのを私は理解した。彼がだんだんインド神秘主義にひかれたり抽象的な絵に行ったのもよく解る。と同時に彼があのように熱愛し精通していた「ゲーテ」の遍歴、「リルケ」の孤独、「ロラン」の闘争、そこに自ら踏み入ることがどんなに重荷だったかも私は知っている。「神はこちらから巡礼して訪ねて行かなければならない」。

（「片山敏彦」）

ここには、片山敏彦の精神に対する己を賭けた真剣な「評価」がある。

高田は、晩年にロマン・ロランの大著『ジャン・クリストフ』を二年かけて翻訳した。筑摩書房からの強い依頼があったためとはいえ、貴重な晩年を捧げるこのエネルギーはどこから来たのであろうか。この本は、若き日の片山敏彦も訳しているのだ。彼は自分の青春の理想主義の原点を、改めて確認しようとしたのに違いない。

若き日の同人誌『東方』（復刻版・教育出版センター、一九八一年）を一冊一冊繙くと、片山敏彦、高田博厚、尾崎喜八といった面々が、どれほど同じ思想を胸に抱き、共通の精神圏に生きていたかがわかる。彼らの「理想」が「現実」に直面してどのように変容しなければならなかったのか。日本の外にいた高田博厚の証言は、私どもを深く考えさせずにはおかない。……


わたしが頻繁に利用するJR横浜線町田駅構内には、高田の裸体の女性像が置かれている。体型から、彼女が日本の女、それも「昔の」日本の女であることが強く印象づけられる。これを見るに付け、高田の代表作のひとつである「カテドラル」が、頭のないトルソであるにもかかわらず、まぎれもなくフランスの女であることを知らされるのである。フランスの女と大聖堂との照応（コレスポンダンス）——それは「感覚」と「思想」との照応といってもよい。しかし、この美しい照応は、ユイスマンスの「カテドラル」と、バタイユの「ランスの大聖堂」と、そして森有正の「ノートル・ダム」と、どのように結びついていくのだろうとも、わたしは考えずにいられないのである。

芹沢光治良

——実証主義者の「神」

芹沢光治良（せりざわ・こうじろう）は、一八九六年（明治二十九年）に生まれ、一九九三年（平成五年）に九十六歳でなくなった。二十世紀をほぼまるごと生きた人で、戦前にデビューしてからというもの、戦中、戦後を通して最晩年まで小説家として仕事をしていた。浮き沈みの少なかった作家で、それは何よりも読者に恵まれていたからである。

雑誌『ＡＥＲＡ』（朝日新聞社、二〇〇三年九月二十九日号）に「『良心』の文学――芹沢光治良を知っていますか」という四頁の記事が出た。執筆は出版本部の向井香、写真は高井正彦である。芹沢文学と愛好会の紹介、略年譜も載っている。

記事によると、『芹沢光治良文学館』（全十二巻、新潮社）の刊行のきっかけは、芹沢光治良文学愛好会が中心となって全国の愛読者に募った葉書にあった。それは九百五十通近くあったという。インターネットで検索してみると、東京、名古屋、大阪に愛好会があり、毎月集まって作品について語り合っていることがわかった。ホームページを出していない会があるのかもしれない。東京の会は三十年の歴史を持つそうである。会員の平均年齢は五十歳以上が中心ということだが、記事の中には三十七歳の女性の談話も紹介されていた。亡くなればすぐに忘れられてしまう作家がほとんどというのに、このように息長く読みつがれる作家は珍しい。

知られるように、芹沢は静岡県沼津の網元の次男として生まれた。両親が天理教の熱心な信者で、光治良自身も熱心に「神」に祈る少年だった。しかし、光治良三歳のとき、両親が全財産を教会に寄進して伝道生活に入ったために、漁師の叔父の下で「捨て犬か雑草のよう」な貧しい少年時代を送った。学校の成績が優秀で、中学校に進学したことで、「村八分」となるが、中学卒業後、地元の小学校の代用教員を経て第一高等学校、東京帝国大学経済学部に進学する。有島武郎の謦咳に接したのもこのころのことである。在学中に、法学部以外からの受検は難関だった高等文官試験にも合格し、大学卒業とともに農商務省の官吏になる。おそるべき「上昇」(階級移動)というしかない。一九二五年(大正十四年)二十九歳で愛知電鉄社長の娘と結婚し、フランス留学してソルボンヌ大学に学び、ベルグソン、ヴァレリー、ジイドといった当代一流の知識人たちと接触する。娘も生まれるが、結核を発病し、フランスエーン県オート・ビル、その後、スイスはレーザンのサナトリウムで療養生活を送った。標高二千数百メートルの高原療養所から下界に降り、帰国したのは一九二八年(昭和三年)のことだ。

片山敏彦(一八九八年生)がフランスに私費留学するのが、一九二九年(昭和四年)で、帰国するのが一九三一年(昭和六年)である。高田博厚(一九〇〇年生)がフランスに渡るのが一九三一年(昭和六年)。同世代のこの三人に共通するのは、大正時代の理想主義の洗礼を青春時代に受けていることと、第一次世界大戦後のフランスに留学し、そこでフランスの知識人と交わっていることである。そして、戦争に突入する昭和十年代を、芹沢と片山は日本で、高田はフランスで過ごした。なお、カトリック司祭となった岩下壮一(一八八九年生)のヨーロッパ留学は一九一九年（大正八年）から一九二五年（大正十四年）、カトリック哲学者吉満義彦（一九〇四年生）がフランスに行くのは一九二八年（昭和三年）から一九三〇年（昭和五年）のことだ。

さて、芹沢は、帰国したときの印象をこのように記している。「四年ぶりに帰った日本はフランスで心に描いた故国ではありませんでした。フランスの生活は夢に見たのだとして、すべて忘れなければ、生きられない国でした」（「この期に及んで五千枚の原稿用紙を作らせるとは」『こころの波』所収）。これは正直な発言であろう。片山敏彦も同じ絶望の思いをパリにいる高田に手紙で訴えている。

帰国した芹沢は懸賞小説に応募した「ブルジョア」が当選し、作家として生きることになるが、戦後になるまで、「流行作家」の彼は、文壇からは白眼視されていた。「昭和五年から十年間ばかり、文壇には垣があって（当時の川端康成氏の時評の言葉）、私のような素人の物書きは、その垣を越えて玄人の仲間にはなれないという扱いを、垣の内の人々から受けた」（「思い出すことなど」『こころの広場』所収）。要するに、ここでも「村八分」だったわけである。

芹沢は、一九三八年（昭和十三年）に中国を『改造』特派員という肩書きで旅行しているが、これは、日中戦争の本質を自分の目で確かめたいという欲求を抑えがたく、決行したものであった（「飛行機について」『こころの波』所収及び「小説とはやくざの業か」『生きること書くこと』所収）。

一九四一年（昭和十六年）十二月、「大東亜戦争」が始まった日に、芹沢は中野署に出頭を命じられる。外国人と文通しているということから、保護検束されたのだ。このとき、芹沢は、パリ留学時代に兄弟のように親しくなった海軍武官百武源吾の名前を出し、自宅に帰ることができた。彼は「自由主義者」と目されていたのである。

芹沢も日本文学報国会には加入したが、役職を務めることもなく、一九四二年(昭和十七年)六月、陸軍から中国上海に、七月海軍から南方に、日本文学報国会会長の久米正雄を通じて、従軍を要請されたときにも、これを拒否している。軍に断ってほしいといわれた久米正雄は困惑し、芹沢をともなって陸軍報道部長に直接話に赴いた。一応、話は通じたのだが、数日後、今度は速達郵便で海軍から出頭要請が来た。二十代の中尉が対応した。「これは一種の召集でしょうか」「召集ではなくて、話しあうのですが、何か連載でも書いていて困るのでありますか」「連載は文学界に、『離愁』を書いていますが」「あんなものを書くより、艦に乗った方が身のためであります」。このようなやりとりがあり、結局、芹沢は断るのである。自分を理解してくれている百武源吾の存在があったからこそ、このような態度も示せたと、芹沢は述懐している。

検束されるのも心配だったが、発表を禁じられることが、こたえた。発表しなければ稼ぎようがないからというより、発表できなければ、書くことをおこたるからだった。

これから戦争が何年つづくかわからないのに、発表にあてもなく、独り書きつづけられるか、自信がなかった。

検束は夜明けにあるときいていたから、毎朝――今日も事なくわが家にいられる……と、喜んで目をさますような日々では、独り物を書くといっても、正直に書いていて、それが咎《とが》められることになりかねないと思うと、書く気力を失うのだった。

（「作家は書けなければ死に等しい」『生きること書くこと』所収）


戦争中に、中野重治に就職を世話しようと岳父に相談したこともあった。しかし、娘婿の身を心配した実業家の岳父からは、相談を拒否されたばかりか、それまでなされていた経済的援助もうち切られてしまう。芹沢が左翼に資金援助して、そのことで治安維持法に触れて官憲に検束されることをおそれたからだった。

片山敏彦の日記（五十冊の大学ノートの抄録）を著作集で読むと、戦争末期、軽井沢で片山は芹沢と会ってもいるし、芹沢の随想を繙くと、戦後には、大戦中ナチスの迫害からアメリカに逃げたユダヤ人作家が書いた『聖女ベルナデト伝』を片山は芹沢に贈ったりしている（「こころの旅」『こころの旅』所収）。二人の間には、共通の「純粋な魂」と、過酷な時代の「時」を共に過ごしたという「信頼」があったのであろう。

高田博厚は芹沢光治良を評価していない。彼の著作集全四巻を隅から隅まで読んでも、芹沢の名前はほとんど登場しない。接点がなかったはずはない。『人間の運命』にも、こんな箇所がある。第二部第七巻第二章で、主人公の書斎にロマン・ロランの胸像があることがわかるのだが、これは作者を思わせる主人公が「フランスにいる日本の彫刻家から援助を求められて買った作品」なのだ。この彫刻家は、どう考えても高田博厚としか考えられない。『分水嶺』で、唯一、芹沢の名前が登場する箇所を引用しよう。

「ペンクラブ」大会で芹沢光治良、佐々木茂索、池島信平たちがパリに来、モンパルナスの「ラ・クポール」の二階で日仏親睦会をやったが、芹沢が日本語で二、三分挨拶したのを、私はフランス語で十分ほどに引き延ばして訳した。

あたかもフランスでペンクラブ大会が開かれたように読めるくだりだが、これは、一九五一年、スイスのローザンヌで世界ペンクラブ大会が開催されたときの話である。大会の帰途、芹沢ら日本からの一行はパリに寄り、そこでフランスの文学者たちとの懇親会があったというわけである（このとき、芹沢は『巴里に死す』のフランス訳の出版契約を結んでいる）。この種の「説明不足」あるいは「記憶違い」は、『分水嶺』には多々あると想像される。それはともかくとして、高田の文は、日本の代表者よりも、通訳者である自分の方が優れているという、書くに及ばない自慢話であろう。高田の書く文章の魅力のひとつは徹底的にオーセンティックであること、そしてナルシシズムが全くないことだが、こうした、あまりにも人間的な記述が見受けられることもある。高田は、この種の親睦会自体が、ほとんど効果のない催しだとも記しているが、あたりまえのことで、わざわざ書くまでもないことだろう。

高田はまた、森有正が訳した『巴里に死す』についても、名指しを避けてはいるが、「日本語とフランス語」と題する文章のなかで触れている。作品を評価してのことではない。むしろその反対である。

ある日本の作家の小説をフランス語に訳した。私の日本人の友人が逐字訳をし、それをフランス人の友人が純フランス語に書き直したものだが、私はそれを読んで美しいのに感心した。原作は少女小説風で甘いものなのだが、フランス語にするとそういう嫌味なものが全く失くなってしまう。これはなかなか問題であろう。

「フランスの友人」とは、監訳者を務めたアルマン・ペイラールのことである（芹沢はピラールと表記している）。ここで高田は、「思想」の問題ではなく「言語」の問題を論じているのだが、

「原作は少女小説風で甘いもの」という評価は、『巴里に死す』に関するものである。

『巴里に死す』はフランスのみならず、スイス、ベルギーでも発売されて話題を呼んだ作品である。仏訳は、刊行後にフランスの『マリ・クレール』に連載されたし、フランスとベルギーでは文学賞を受賞し、芹沢はノーベル文学賞候補に挙げられた。もっともこれは、作品が優れているというだけの話ではなく、芹沢のフランスの友人たち――その多くは高田の友人でもあったことだろう――の引き立てがいかに強力であったのかを表していると思われる。

高田が芹沢を認めないのは、芸術や思想というものが「世間」相手のものであってはならず、その意味で、芸術や思想は、いつの時代も「少数者」が担っており、大衆と直結することはあり得ないとする信念から来る必然で、何ら不思議ではないが、深く考えてみる価値のあるところである。高田のキーワードである「孤独」や「仕事」の意味を、芹沢は誰よりも理解していたとわたしは思うからだ。

芹沢は、知識人の言葉が一般大衆とかけはなれていたことが、悲惨な戦争を引き起こした原因にあると思い、ふつうの人々に理解できる書き方をしなければならないと決意を新たにしたのである。

フランス時代に、彼は友人とともにベルグソンを訪ね、忘れがたい体験をしている。

……ベルグソンは、深山の湖のような静寂な表情に、仄々とするほどおだやかな微笑をたたえて、私達の話を聞き、真剣に答えてくれた。（中略）話の途中に、全く思いがけない時、突然ドアが開いて、二十歳ばかりの女性が音もなくはいって来た。美しくて顔色が蒼白なのが印象的であったが、その場にいる私達を黙殺して、哲学者の前へすすみ、金属的な声を出しながら、哲学者に大きな写生紙《カルトン》を示した。（中略）哲学者は動ずる様子もなく、その紙を眺めていた。数枚の写生紙で、みな裸体のデッサンが描いてあったが、哲学者は一枚ずつていねいに見て、ゆっくり批評をはじめた。娘は哲学者の顔を穴のあくほど激しい目で眺めながら、ただ大きくうなずくばかりであった。

哲学者の表情は、夕陽が深山の湖面に映えたように輝いて、ゆっくり批評する言葉の一つ一つに愛情がこもっていた。

私は感動にふるえながら、異様な二人を眺めた。批評の言葉も専門的であったが、ここもよくなったとか、ここはようやく解決したねとか、励ましを加えて、最後に、さあ勇気を出してもう一踏張りだよといって、娘を送り出した。（「こころの旅」『こころの旅』所収）。

若い女性が「哲学者の顔を穴のあくほど激しい目で眺め」ていたのは、彼女が聾唖者であるがゆえに、話し相手の「唇を読む」必要があるからだった。彼女はベルグソンの娘で、彫刻家ブールデル――フランスに来たばかりの高田博厚が感動した――の弟子なのだった。このとき、芹沢は、ベルグソンの哲学が、平易に書かれていることの秘密を知ったように感じたのである。「日本では、学者にとって、大衆は唖の娘であろうが、学者は唖の娘など無関係だというように、唖の娘にもわかるように語ろうと努力しない。（中略）抽象論愛好者だけを相手にして（仲間のために話すだけで）それを学問だとしている。（中略）ここに日本の不幸があったのではなかろうか」

これは今日でも通用する痛烈な批判である。相手が知識人であろうが娼婦であろうが、「人間」対「人間」で話をするという姿勢は高田博厚にも顕著だが、芹沢にも徹底している。芹沢文学の愛読者は、一高生から若い畳職人までと幅広く、いわば「階級」を越えていた。また、芹沢が「文壇」のつきあいを好まなかったのも、健康上の理由だけではなかった。こうした日本独特の「体質」を芹沢は断固拒否しようと決意したのである。

中村真一郎は、西欧流のロマンが日本で成立することは、通俗性を帯びた大衆小説が「上昇」することにより可能となるという見通しを持っていた。これは卓見というべきもので、この考えをわたしなりに換言すれば、西欧流のロマンは、作者だけで可能になることはなく、読者とともに歩んでいかなければ不可能だということになる。中村真一郎も、福永武彦も、二十世紀文学の可能性を現代日本で追求した作家といえるが、彼らは読者の顔がはっきりと見えていた。

前衛を気取ることはなかったのである（中村が、ほとんど「洗礼を受けざるカトリック者」であり、福永がプロテスタントのキリスト者であったことも、ここで想起すべきであろうか）。

芹沢はフランスに留学してカトリック精神に触れるが、キリスト教徒にはならなかった。フランスやスイスの高原療養所で、朝夕に教会の鐘の音を聞きながら安静生活を送るなかで、芹沢はキリスト教の神について思索したという。周囲の者も、ほとんどすべてがキリスト教の信者だった。しかし、友人ジャック・シャルマンの説く、あらゆる既成宗教を越えた「神」が、芹沢の神になった。ちなみに、ジャック自身はカトリックだった。

とはいえ、彼は戦後、あるプロテスタント牧師と親しくなり、十年間にわたり自宅を勉強会に開放するなどした時期もある。しかし、勉強会がおかしな方向に行き始めて、プロテスタンティズムの「危険性」に気づいたという。カトリックを再評価したのはこれがきっかけだった。

芹沢は、一九五一年（昭和二十六年）、ヴァチカンで教皇ピウス十二世に個人謁見している。思いがけない機会が与えられ、こころの準備ができていなかった芹沢は、右手を差し出した教皇と自然に握手してしまい、次の瞬間、跪いて指輪に接吻すべきであったことに思い至り動揺する。また会話が始まると、教皇に対して三人称ではなく二人称で応じ、この失敗にもすぐに気づいて動揺する（こうした微笑ましいしくじりを正直に書くところが芹沢の良いところである）。このとき、教皇から突然「あなたは小説の主人公をカトリックに改宗させているが、そして、作品を通じて、カトリックに精通していることがわかるが、なぜカトリックにならないのか」と問われた芹沢は、思わず「『恩寵（グラース）』がないからです」と答え、自分でも驚く。芹沢のピウス十二世への謁見というできごとは、カトリック精神の源泉たる教皇との直面として、思想的次元で捉えられるべきであろう。彼はそこで己とも出会ったのだ。

梶川敦子の文によれば、芹沢は、少女時代から知っている梶川がプロテスタントからカトリックに改宗したとき、「よかった、本当に良かった。僕も、ほんとうはカトリックになりたかったのです」としみじみと言ったという（『芹沢光治良の世界』青弓社、二〇〇〇年）また、梶川も著書で引くように、「何かの信仰があるか、強いて質かれれば、カトリックの信者だと、答えるかも知れません」「独り静かに己を省み、想う時には、やはりカトリック信者だと、頷くことがあるのです」（『大自然の夢』新潮社、一九九二年）というような言葉も、最晩年の著書のなかにある。

カトリックの神を求めた芹沢光治良が、高田博厚のようにカトリシズムに行き着かなかったのは何故だろうか。天理教の家に生まれたからだろうか。実証主義者だったからだろうか。教会の鐘の音が現実問題として聞こえない日本にいたからだろうか。良い神父に出会わなかったからだろうか。宗派を越えて、教団組織というものに嫌悪を抱いていたからだろうか。ことの本質は、そういう問題ではなさそうだ。

高田のように、大衆と切り離された少数者として孤独に仕事に沈潜するのではなく、日本の大勢の読者とともに生きようとするとき、その先に出現する「神」は、芹沢最晩年の作品に表れた、大自然の力としての「神」になるのはほとんど論理的必然だったということであろうか。実証主義者として自らを定義していた芹沢が、この「神」の出現を受け止めることに、当初困難を感じていたことを、わたしどもは忘れるべきではあるまい。

芹沢が高く評価していた大江健三郎が、ある時期から書き下ろし小説に集中して、ジャーナリズムに「距離」をとるようになったことは、芹沢の生き方に倣ったのだとわたしは思うが、フランシス・オコナーを経由してカトリックへの著しい親近性を示しつつも、彼がキリスト教信徒とならず、むしろ独自のコスモロジーを描きつつあることも、晩年の芹沢が直面した問題と無関係とは思えない。

そしてこれは、日本人であるわたしどもにとって、人ごとではない問題だと思われる。

岩下壮一

——対決的カトリシズム

日本近代におけるキリスト教について考えるとき、わたしは一九〇八年（明治四十一年）に蒲原有明（三十二歳）が『有明集』を刊行し、その翌年に北原白秋（二十四歳）が『邪宗門』を出版している事実に注目せずにはいられない。周知のように、有明のこの第四詩集は、今日でこそ日本象徴詩の最高の達成と評されるが、発表当時に巻き起こった酷評の数々は、有明をして詩壇を去らしめたのであった。一方、白秋は、この異国趣味に彩られた絢爛たる第一詩集の成功によって、一躍詩壇に躍り出たのである。

有明自身が「面白半分の血祭り」にあげられたと回想するほどの攻撃に晒されたのは、口語自由詩の世界を切り開こうとする次の世代から時代遅れと見なされたという以上に、地上の世界のみを唯一の実在とみなす当時の自然主義の影響があるだろう。その思考のなかでは、「象徴」は単なる符丁にしかすぎない。しかし、西欧近代詩における「象徴」とは、無限の彼方に実在する形而上的存在を前提としたリアリティに満ちたものであったことを知らねばならない。この思考の背後にキリスト教の長大な伝統があることは改めて申すまでもない。象徴詩といっても、有明は、マラルメ以前、単純化していえばボードレールの地点に立っていることにも注意してよい。ボードレールの時代、すでにカトリシズムは堅固な世界観ではなく、崩壊の危機に遭遇してはいたが、キリスト教の神を中心とした宇宙秩序への憧れがボードレールにはあった。人間を含むあらゆる自然が、被造物として照応するという彼の思考へのレゾナンスが有明にはあり、我が国の自然主義者たちにはなかったのである。

無論、わたしは『邪宗門』の華麗絢爛な言語的達成を認めるにやぶさかではない。しかしここに描かれる世界から看取されるのは、詩人のカトリシズムに対する好奇の眼差し以外の何者でもない。それはエキゾチズムに彩られた「邪宗」（この語はキリスト教を禁圧した時代の権力者の用語である）であり、内部から感じ取られたものではなく、もっぱら外から眺められたものであることは指摘しておかねばならない。

我が国の近代詩が、キリスト教、就中賛美歌の翻訳から影響を受けたことは文学史上の常識だが、その場合、キリスト教とはプロテスタンティズムの謂であり、カトリシズムではなかった。（キリスト教の信徒人口が少ないわが国においては、世間一般の人士にとってカトリックとプロテスタントの区別もよくつかない状況は昔も今もさほど変わりがないが、プロテスタントの主導により、二十世紀に入り、エキュメニズム即ち教会合同が唱道され、カトリック教会においても、第二ヴァチカン公会議以降これを推進してきたことが、その運動自体の是非とは別に、今日、両者の違いをよりいっそう見えにくくしている）。賛美歌から換骨奪胎された作品を含む島崎藤村の『若菜集』が出たのが一八九七年（明治三十年）のことで、『邪宗門』の刊行までに十年以上が経過していたことになるが、しかしなお、清新な「新教」たるプロテスタンティズムと比較して、カトリシズムは「旧教」であり、おどろおどろしい世界として見られていたのである。確かに、カトリック教会の「反近代」の姿勢は明確であったから、「近代」に覚醒しつつあった我が国の人士から古色蒼然と見えたという無理からぬ事情もあろう。とはいえ、西欧近代詩の背後には、カトリシズムの典礼聖歌によって養われてきた多くの部分が実は潜んでいたのであり、当時それはほとんど理解されなかったのである。

『邪宗門』が出た年に、三木露風(二十歳)の『廃園』が出ている。明治から大正にかけては白露時代といわれるが、白秋と異なり、露風はカトリック信徒となる。二人はいわばネガとポジのような関係にある。露風の詩境が、信仰の深まりとともに硬化していったとはしばしば指摘されるところであるが、少なくとも彼には自らの運命にかかわるものとしてカトリシズムがとらえられていたのである。

日本の象徴主義は、大正に入り、日夏耿之介に引き継がれる。一九二二年(大正十年)に上梓された『黒衣聖母』は、思想的内容自体は、タイトルとは裏腹に、カトリシズムと重なり合うわけでは必ずしもない。しかし、詩人は思想から詩をつくるのではないし、独自性が重視される近代詩においては、キリスト教の教義を引き延ばしたような作品は価値に乏しいといわざるを得ない。加うるに、近代詩人における詩法は全て「己の詩法」であるしかなく、彼が理想とした理念としての詩と実際の作品との間には、絶望的な落差があったであろうこともわれわれは思わねばなるまい。要するに、白秋のようなエキゾチズムとは似て非なるものが彼の作品にはあることをいいたいのである。日夏にあっては、その作品に満ちる宇宙感覚において、カトリシズムとの照応を認めることができるといってよい。齋藤磯雄が指摘するように、日夏耿之介は、押韻不可能な日本語において象徴詩を創造するためには、漢字による視覚的美を意識的に用いることによって、音声的美との交響を図る必要があると考えた。これは驚くべき独創である。厳めしく構築的な作品を創造することによって、多くの可能性を自ら閉じてしまったことが事実ではあるとしても――。日夏には西欧神秘思想の系譜に関する該博な知識があり、その意味では、カトリシズムに対する理解の幅はそれまでの詩人たちと比較して格段に大きかった。たといそれがミサ典礼への参入による身体論的認識によるものではなく、もっぱら書物を通した知的理解であったとしても、それは芥川龍之介に見られるような表層的理解ではなく、「自我」の内部から「神」を見定めようとする切実な希求がその根底に横たわっていたと思われる。日夏の詩に信仰の苦悩を一切認めない見解を、わたしは肯うことはできない。

いずれにせよ、日本の象徴詩が近代文学史の中で孤立している事情にはカトリシズムの問題が潜んでいる。明治大正の人々はカトリシズムを偏向を持ってしか見ることができなかったが、なぜきちんと見ることができなかったのかを今日のわれわれは見ることができないでいる。問題は二重に入り組んでいるのである。

北原白秋のカトリシズムに対する好奇のまなざしは、現代にも見出すことは困難ではない。平野啓一郎の『日蝕』にもそれは見て取ることができる。それは要するに、新奇な素材としてのキリスト教カトリシズム（及び文化神話としてのグノーシス主義）であり、自らの運命に鋭い傷みを伴って深くかかわりを持つ思想的内実が作品に伴わないのである。

わたしは常々、明治以降、平成の現在に至るまで、日本近現代のクリスチャン作家たちの多くが、口々に私の聖書、私のイエスを語りたがることをいぶかしく思っている。近代の文学者として、独自性への希求から、自分が出会った「神」について語りたく思うのはひとまず当然としても、それだけでは説明がつかない無自覚な何かが潜んでいるように思われてならない。もっとも、そうした語りですら、白秋から平野まで続くキリスト教への好奇のまなざしよりは、己の実存に食い込んだものが潜んでいることは認めなくてはならない。だが、その際に手がかりとなるのは、ほとんど、ただひたすらに、一冊の聖書なのである。改めて申すまでもなく、プロテスタンティズムはテクストとしての聖書中心主義であり、日本近代の青年たちは、それを「理解」しようと努めた。そのテクスト至上主義の姿勢が今日に至るまで連綿として続いていると考えてはならないであろうか。

一方のカトリシズムが、聖書のみを必ずしも重視するわけではないことを、われわれは改めて想起するべきである。カトリシズムにおいて何よりも大切なのは、リトルギア（典礼）である。

それは象徴がリアリティを持ち、地上と天上が、現実と夢想が、ダイナミックに響き合う空間である。岩下壮一はいう「我等は聖書について彼等（神谷註、プロテスタントのこと）のように神経質ではない。（中略）その内容は聖書のテキストによらずとも、教会の祈禱書や、説教や、教理問答によって絶えず教えられているからである」（『カトリックの信仰』第九章）「カトリックの宗教的プラクチスの中心になるものは、（中略）ミサ聖祭である」（同書第八章）。

小林秀雄がいったように、われわれは西欧音楽はレコードで、西欧絵画は複製で親しんだ。この語り口をかりるならば、われわれはキリスト教については、翻訳された聖書で接したのである（明治の文語訳が、上田敏が感嘆するほどのものであったことは言い添えておく必要があろう）。付け加えるならば、「神」も、「神の死」（ニーチェ）も、相前後して書物を通してやってきたのである。小林がドストエフスキー論に取り組みながらも、キリスト教がわからないことを自覚して追究を断念したのは、彼がカトリック教会とロシア正教会の神学的相違に不案内であったということ以上に、聖書を読み込むこと——しかもその読む行為は、カトリック教会のいうレクチオ・ディヴィナ即ち「聖なる読書」とは根本的に異なっている——のみでキリスト教を知的に理解しようとしたことが大きい。かれにはリトルギア（典礼）による身体論的理解が根本的に欠けていたからである（中原中也には、それがわかっていたように思われる）。その背後には、おそらく無教会を唱えた内村鑑三の存在があると思われるが、我が国の文芸評論におけるテクスト至上主義は、今日、ますます徹底されてきているといってよい。いずれにせよ、聖書だけから出発する限り、見えてこない世界があることをわれわれは知らねばならない。これは小林秀雄以来の文芸評論の盲点とわたしには思われる。近代日本において西欧文化が「複製」によって受容されたことは事実だが、それらを生みだしてきた培養土としてのカトリシズムは、実はリトルギアという形で、その核心が正真正銘の「実物」として移入されていたのである。第二次世界大戦後の第二ヴァチカン公会議以前、日本においても、カトリック教会におけるミサは日本語ではなくラテン語で執り行われていたことを改めて指摘しておこう（第二ヴァチカン公会議以後は各国語で行われている）。

この「実物」としてのラテン語のリトルギアは、始源のなぞりという意味では確かに「複製」ではあるのだが、絶えざる反復によってそれが維持されるという意味では常にオリジナルであった。カトリシズムはデカルト的理性によって「理解」するものではなく、秘義たる儀礼空間への「参入」である。けれども、それは形骸化した形式、旧弊な遺習としてしか明治の人々の眼には映らなかったのである。

ここで内村鑑三（一八六一〜一九三〇）の名前を思い出す必要がある。内村の「二つのJ」とは、申すまでもなくイエスとジャパンのことであるが、これは自我を「神」との関係という垂直の縦軸と、「世間」との関係の横軸との交差する場所として捉えているととらえてよいのではないか。いわゆる近代的自我を我が国で目指すとすれば、それは「私」を「世間」との関係から「神」との関係へと転換しなければならなかったはずだが、内村のような少数の自覚的な人々を除いては、キリスト教はそこまで突き詰められて考えられることに乏しかった。

では、内村鑑三は、リトルギアをどのように見ていたのであろうか。自らが主宰する「聖書之研究」巻頭に毎号掲載した所感が『内村鑑三所感集』（岩波文庫、一九七三年）にまとめられているが、ここで彼は洗礼のミュステリオンについて「水の洗礼をもって救済の必要条件となすは迷信なり」（一九〇三年）と切り捨てている。彼はリトルギアについても次のようにいう「儀式は単純なるをよしとす。（中略）俗衆の注目を惹いて荘厳を装うの要絶えてなきなり」（一九〇八年）「人に見られんと欲するこの世の人は、式をもってするにあらざれば、なにごとをもなすあたわず。かれらは式をもって信者となり、式をもって信仰を継け、しかしてついに式をもって墓に葬らる。式、式、式と。かれらの教師なる者は主として式を司る者なり」（一九〇九年）「洗礼を施さず、福音を説く。聖餐式を挙げず、福音を説く。葬式を司らず、福音を説く。結婚式を行わず、福音を説く。しかり、福音を説く。儀式はこれを他人に委ね、余輩はただ福音を説く」（一九一三年）と。またいう、「われらは僧衣を着けて高壇に上り、聖書を朗読し、聖歌を吟唱し、手を拡げて天を仰いで祈り、手を按いて人に儀式を施し、もってわれらの神を礼拝せんとしない」（一九一五年）と。彼は「始めにユダヤ教会あり、次ぎにローマ教会あり、次ぎに新教会あり、終りに無教会あり。無教会は新教会のさらに進歩したるものなり。キリスト教はついにすべての外形を脱却すべきものなり」（一九〇六年）と考えており、教会も司祭職もリトルギアも全否定していたのである。

リトルギアについては、彼の『キリスト教問答』（一九〇五年）の「第五席　教会問題」に詳細な記述が見られる。ここで彼は次のように述べている。すなわち、リトルギアというものが「誰にでもつかさどることのできるもの」であることを問題視するのである。「いかなる売僧でも、いかなる妖僧でも、僧侶となり祭司となりて、いかなる荘厳なる儀式といえどもこれをつかさどることができます。／腐敗の付着しやすいものとて宗教の儀式のごときはありません。そうして時には病を根絶するために病菌の付いた家屋を焼き払うの必要があるように、人類進歩の歴史において、腐敗の付着した教会制度を破壊するの必要がたびたびあるのであります」。ここにうかがわれるのは、言論界でキリスト教思想家として活動した内村らしいきわめて近代的な思考である。内村は司祭職を個人の人格と結びつけて考えているのである。

ヴァルド派のような異端はともかくとして、カトリシズムの観点から申せば、司祭の個人的人格の高低は、彼が司るリトルギアとは全くもって無関係であることが大切なのであって、むしろ牧師の個人的人格によって集会の価値が変動することこそが問題視されるのである。岩下壮一はいう「祭壇に立つ司祭は、日本人でも外国人でも、雄弁でも訥弁でも、少しも差し支えない。彼がいかにその代表する大司祭キリストにふさわしくあるべきかは、彼自身の良心の問題である。信者は彼の良心にまで立ち入らない。要は彼が敬虔に聖祭を執行し、忠実なる神奥義の分配者であればいいのである。人間的才能の有無は問題ではない」(『カトリックの信仰』第十四章聖霊)。要するに、極言すれば、たとい神父が「売僧でも、いかなる妖僧でも」リトルギア執行の価値は高僧が執行する場合と同一なのである。現実には破戒僧も存在することであろう。しかし、「僧俗階級の上下と聖徳の高低とは、自ずから別事である。我等は他人の良心の審判は、人によって偏り給う事なき神にお任せする方が安全」(同書第十四章)なのである。「教会においてその教権を代表するものが、時として不幸にもその任にふさわしからぬ際すら、その悪人ゆえに団体統制のための聖霊の働きは消滅しない」。

内村は、リトルギアの持つ、謎を秘め、多義的で、厚みを持ち、不透明な思考の身体を理解しなかった。「聖書」のみを重視する内村のテクスト主義は、身体というトポスを抜きにはあり得ないはずの宗教的覚知を企図していた。もっともこれはプロテスタント一般の思考でもあって、たとえば「祈り」一つを取り上げても、プロテスタントにはカトリックや東方正教会に見られるような、言葉(理知)と所作(身体)の結合によるフォルム(たとえば「ロザリオの祈り」)を持っていない。

いずれにせよ、北原白秋が『邪宗門』を発表したほぼ同じ時期に、世間一般の人士のみならず、内村鑑三のようなキリスト者でさえも、カトリック教会のリトルギアに対しては無理解であったことを指摘しておかねばならない。カトリック神父岩下壮一が、リトルギアこそは、人間が捧げうる最大の行為と見做していたことを思うとき、わたしは両者の見解のあまりの隔たりに、ほとんど愕然とするのである。

さて、第二ヴァチカン公会議以前の日本のカトリシズムを代表する人物として、岩下壮一について少しく筆を費やさねばならない。

内村鑑三に関する研究は枚挙に暇ないほどであるが、岩下壮一に関しては、学会の紀要などはともかくとして、一般読者が現在手軽に入手できる書籍としては、政治思想史の立場から岩下壮一、吉満義彦、田中耕太郎、そして内村鑑三を論じた半澤孝麿の『近代日本のカトリシズム』（みすず書房、一九九三年）が唯一といって良い。神山復生病院長時代の岩下を描いた重兼芳子の小説『闇をてらす足おと』（春秋社、一九八六年）と、ノンフィクション作家小坂井澄の伝記『人間の分際』（聖母の騎士社、一九九六年）を除けば、文芸評論の立場からの言及は管見の限り皆無である。こうした状況は、岩下壮一が、内村鑑三がそうであったような意味で独創的な思想家ではなかったことに起因するものとわたしは思う。教会の権威よりも聖書を上に置き、尚かつ聖書の自由解釈を許容し、個性を認め、それぞれが自己を高め、その完成を願うプロテスタンティズムとは異なり、カトリシズムはカテキズム（教理問答書）により厳格に規定された教理を持ち、個の独自性よりも普遍性を希求しており、その意味で、岩下壮一の思想に独自性はないといってよい。逆説を弄するわけではないが、だからこそ、彼の『カトリックの信仰』は、現在もカトリック入門書としての価値を失っていないのである。しかしながら、これは今改めて岩下を取り上げる必要がないということを意味しない。むしろ、独自性を競った近代という時代を、これまでにない光で照らし出すことになるだろう。二十世紀の第二ヴァチカン公会議以前（すなわち、反宗教改革を打ち出し、七秘蹟やローマ・ミサ典書などをもたらした十六世紀のトリエント公会議以後）なので、カトリック教会側とプロテスタント諸派との間には、個人的交流は別として、火花を散らすような思想的対立があり、岩下もプロテスタントに対しては、現在では考えることもできないような厳しい姿勢で臨んでいる。カール・バルトの危機神学（岩下自身は「審判神学」と呼ぶべきだと述べている）に対する彼の疑念についてもわれわれは振り返る必要があるだろう。岩下とバルトはほぼ同世代である。バルトは当時の人間中心のキリスト教、「宗教」化したキリスト教、要するに当時の自由主義神学を打破したといわれる。これはある意味で正しいが、当時の自由主義的キリスト教とは、ほかならぬプロテスタント神学であり、「反近代」の姿勢を崩さなかったカトリックをも含めたヨーロッパのキリスト教全体であったわけではない。「宗教」化したことにより、人間は神を見失ってしまった。バルトは人間中心の神学を神中心へと転回することを企図したが、人間と神とを絶対的にかけ離れたものとすることで、神を見失った近代が極点まで到達したと岩下壮一は見ていた。

岩下が今日ほとんど忘れられた存在であることのもう一つの理由は、戦後のカトリック教会が、岩下の顕彰にさほど積極的でなかったこともあげられる。これは、岩下のみならず、他の人物についても同様なのだが、特定の「個性」を顕彰することに教会はほとんど意味を見出していないのである。

「個性」を重視し、その十全な発展を願ったのは、大正教養主義、就中、武者小路実篤らの白樺派であるが、志賀直哉にせよ、有島武郎にせよ、彼らが内村鑑三に感化され、その後離反した事実は改めて考えられてよい。近代日本におけるプロテスタンティズムは、内村にしろ、矢内原忠雄にせよ、カリスマ的人格による影響力が大きかった。その近づきやすさは、同時に離れやすさをも生んだのである。その一方で、田中耕太郎や吉満義彦のように、内村鑑三からカトリックへと改宗するケースもあった。そこには恐らく、思想上の重大な「何か」が潜んでいる。いずれにせよ、岩下壮一が独創的であったとするならば、それは逆説的なものいいになるが、個性を過大視しない自卑の姿勢によってであろう。

冒頭で触れた『有明集』『邪宗門』が世に現れた時期は、岩下壮一が、第一高等学校を卒業して東京帝国大学に入学する頃のことである。彼の生涯を、時代の文芸思潮と絡めながら簡単に辿ることとしよう。

岩下壮一は、一八八九年(明治二十二年)、東京に生まれた。世代的には、三木露風、和辻哲郎、南原繁と同年生まれ。九鬼周造より一歳年下、日夏耿之介より一歳年上。山村暮鳥は五歳年上である。岩下が二歳のときに、三十歳の内村鑑三が「不敬事件」を起こして第一高等中学校を追われている。思えば、岩下が生まれた僅か十九年前には、明治新政府はキリシタンの大弾圧をしてカトリック信徒三千人を捕縛していたのである。

岩下壮一の父・清周は三井物産フランス支店長を務めたこともある実業家で、若い日に聖公会にかかわったこともあった。岩下は十歳のときに暁星小学校に転校し、暁星中等部に進んだ。島崎藤村の『若菜集』が出版されたのはその二年前のことだ。校長エミール・エックから洗礼を受けたのは中学二年生のときのことである。翌年、初聖体拝領、さらにその翌年に東京大司教から堅信の秘蹟を受けた。暁星を卒業後、第一高等学校を受験して合格したが、所用年齢に足らずに一年間入学を延期された。上田敏の『海潮音』が出たのはこの年である。第一高等学校入学後に岩下は暁星学校内にカトリック研究会を発足させている。

一九〇九年(明治四十二年)、東京帝国大学哲学科に進学した岩下は、卒業時は恩賜銀時計組であった。岩下の高校から大学にかけての時期には、『新思潮』『アララギ』『スバル』『白樺』『三田文学』『青踏』などが続々と創刊されている。大学院に進学するが、当時の文学部長上田萬年は、将来岩下を留学させて、帰国後は東大で中世哲学の講座で教鞭をとらせる腹案を持っていた。ちなみに、芥川龍之介の自殺は大学院在学中の出来事である。三年後に留学しなかったのは、第一次世界大戦勃発によるものであったが、一九一五年（大正四年）、山村暮鳥の『聖三稜玻璃』が出た年に、鹿児島の第七高等学校に英語教師として赴任するという都落ちとも思える進路を選んだのは、自分があまりにも恵まれすぎているとの思いからであった。萩原朔太郎の『月に吠える』が出たのは岩下の鹿児島時代のことである。

岩下がヨーロッパに留学したのは、四年間の教師生活を経た後の一九一九年（大正八年）のことである。文部省在外研究留学生という名目ではあったが、岩下は自費で行っている。官費で留学すれば、いずれ帝大教授にならなければならないという理由からである。こうした潔癖さと自らの信念を押し通そうとするところは、後年の岩下にも見られるところである。船中では長塚節の『土』を読んでいたという。一九二五年（大正十四年）に帰国するまで、留学は足かけ六年間に及んだ。ヨーロッパではあちこちで学んでいる。はじめパリのアンスティテュー・カトリックで学び、ベルギーのルーヴァン大学に移り、その後ロンドンのセント・エドモンド大神学校で修学。司祭になるためにローマのプロパガンダ大学神学部に入学するが、数日後にドミニコ会のコレジオ・アンジェリコに転学した。一九二五年（大正十四年）六月に岩下は、ヴェネツィア大司教ラフォンテーヌ枢機卿により司祭に叙階された。そしてその年の十二月に、彼は宣教師として日本に帰国する。

帰国後の岩下は、通常のカトリック司祭のように管区を持たず、自由な立場で活動することとなった。ちなみに、一九二七年（昭和二年）まで、日本では日本人司教（司教区の首長）は存在しなかった。全ての司教が西洋人であったのである。岩下は東京大森に聖フィリッポ寮を創立してカトリック子弟を預かったが、これは修道会の創設を計画したからであった。また、カトリック研究社を設立し、カトリック研究叢書を逐次刊行することとした。それまでカトリックの書籍を出版する機関はほとんどなかったからである。

岩下は、暁星、一高、東大の研究会で学生たちに指導を行い、公教要理講義録をカトリック信仰叢書として少しずつ刊行していった。これが後年の大著『カトリックの信仰』（現在、講談社学術文庫）になる。またカトリック中央出版部設立に関係するなど、岩下は、日本社会の中枢を担うエリート学生及び一般の知識階層に向けて活動を開始したといってよい。この間、一九二八年（昭和三年）、父が心臓麻痺で急逝するが、葬儀に際して、岩下は父の信仰を尊重して、聖公会の典礼方式に則って葬礼の司式を行った。カトリック官僚機構の一人として、そのとらわれのない行動には驚くばかりである。

一九三〇年（昭和五年）、岩下は御殿場にあるハンセン病治療施設である神山復生病院の六代目の院長に就任した。これはフランス人神父が創設し、経営に苦労しているのを、父清周が援助していたもので、父の遺志を継ぐかたちで行ったものであるが、岩下独特のカトリック的なへりくだりの業であった。彼は白樺派のように、己を高めるという道、自らがもっとも得意とする学究的能力をのばし、開化発展させるという生き方を選ばず、逆に己を低め、自らの才能を犠牲にするという道を選んだのである。

岩下の著作の少なさは、病院経営に日常の時間のほとんどをとられたことによるものである。院長の激職にありながらも、彼はカトリック新聞社の顧問に就任するなどしたが、太平洋戦争前夜の一九四〇年（昭和十五年）、中国大陸でのカトリック教会と日本政府との関係調整を目的とする興亜院からの依頼により、中国大陸に渡り（一度は辞退したが、重ねての依頼に、ヨーロッパ留学時と同じく、自らの立場を日本政府に認知せしむる意図から自費で行くことを条件に承諾している）、病を得て帰国後一ヶ月を待たずして永眠した。行年五十一歳であった。

岩下の生涯を眺めるとき、そこにわれわれはいくつもの「決断」を見て取ることができることになる。そこに紆余曲折はない。その決断には、己の個性を開化させようというような発想はない。むしろ歴史の中で自己の役割を能う限り客観的に見定め、その上で潔くその役割を引き受けるという意味での決断である。これは、明治生まれのエリートたちにある程度は共通する資質かもしれない。しかしながら、カトリック司祭という役職は、天皇制によって立つ近代日本国家という移ろいゆく地上の権威を超えていくものであり、その意味では、国家以上のロイヤリティーを持ち得なかった大方のエリートたちとはやはり違っていたといわなければならない。

岩下の代表的著作は全て没後刊行である。すなわち『信仰の遺産』（岩波書店、一九四一年）『中世哲学思想史研究』（岩波書店、一九四二年）『カトリックの信仰』（ソフィア書院、一九四六～四九年）の三冊である。『カトリックの信仰』は、カテキズム第一部の解説である。われわれの関心からいえば、第三部がリトルギアの関するものなので、その解説を岩下が著していればと思わずにはいられないがいたしかたない。幸いなことに、『信仰の遺産』には、ミュステリオン（秘蹟）及び、司祭職とそれとの関係について論じた内容が含まれており、これらで岩下の典礼論を知ることができる。だがここはその神学的論述の詳細を論ずる場所ではない。ただ、それらカトリシズムの本質を説く諸論文が、全て昭和十年代に発表されたものであることを指摘しておくに止めたい。

ただ一言つけ加えるならば、事実としての起源にのみ眼差しを注ぐのであれば、文化人類学がリトルギアについて古代の密議にその発祥を看取することに間違いはなかろう。だが、たとい起源がそこにあったとしても、キリスト教はそれを質的に変容させたことを強調しなければならない。さらにその後、長い歳月における変容があり、今日に至っているのである。典礼史学の歴史は浅いが、ユングマンの著書などを紐解くだけでも、初期教会から現代に至るまでのリトルギアの変遷を知ることが出来る。神学を学ぶことはもとより重要ではあるが、カテキズムでリトルギアの意味を学ぶこと以上に、その歴史を知ることは、初代教会から現代に至るまでの間の教会及び信徒たちの苦難を知る上でも大切である。リトルギアにおける所作も言葉も、その自覚的探究なくしては、単なる古代の形骸としか見えないだろうし、第二ヴァチカン公会議以降の典礼改革に対する反撥から一部に根強い、トリエント公会議以来のトリエント・ミサ形式に対して執着する硬直した思考も、真摯な探求なくしては溶解されないのではなかろうか。なお、岩下が同窓の和辻哲郎の『原始キリスト教の文化史的意義』を厳しく批判したのも、生きた信仰へのアプローチとしては、キリスト教を「文化史」的に「意義」があるかないかと問う実証科学的視点そのものが無効であるとして退けたと理解するべきである。

岩下は、同時代の文学のなかでは、夏目漱石に関心を抱いていた。漱石のなかで繰り広げられた日本と西欧との深刻な思想的闘争は、おそらく岩下にとって注目すべきドラマであったに違いない。だが、そのほかの同時代文学については、さほどの興味関心を持ってはいなかったようだ。留学の際に、長塚節の『土』を持参して船中読んでいたという話はわたしの興味をそそる。この作品には漱石が序文を記しているが、ここで漱石は、東京とほど遠からぬ地域で、近代化が進む都会とは全くことなる因習に縛られた村の生活に、驚きを隠していない。実際、この作品を読むと、日本の近代化というものが、どれほど険しい現実を伴っていたのかが痛いように伝わってくる。東京の裕福な家庭に生まれ育った岩下は、圧倒的多数の日本人が置かれている現実の状況を知ろうとしたのであろうとわたしは思う。

岩下が好んだのは、イギリスの作家チェスタトンであった。彼の「笑い」が岩下の性に合っていたのである。ジョルジュ・ベルナノスと岩下は同世代であるが、当時の我が国の文芸界には、ベルナノスのような深刻な思想的闘争もなければ、チェスタトンのような笑いもなかった。戦後になって、一群のカトリック作家たちが我が国にもようやくその出現を見たのである。

一九三五年（昭和十年）、神山復生病院に岩下壮一を訪ねた一人の若い文芸評論家がいた。それは「四季」の同人であった辻野久憲である。現在でも、モーリヤック『癩者への接吻』やリヴィエール『ランボオ』、ジイド『文芸評論』などの翻訳者として彼の名を知る若い人もいるだろう。辻野は神山復生病院を一人で訪れ、その後カトリックに入信している。洗礼名はヨハネという。岩下壮一との直接の面会と手紙のやりとりが彼になみなみならぬ衝撃を与えたことがうかがわれる。辻野にはジョイス『ユリシーズ』の共訳もあるが、カトリック教会から離反したジョイスとは反対の軌跡を描いたわけである。彼はしかし、一九三七年（昭和十二年）に二十七歳で死んだ。彼が戦争を潜り抜け、戦後を生きのびたならば、どのような軌跡を描いただろうかとわたしは思うことがある。

「四季」の「抒情」は、言語表現の可能性にコミットしたモダニズムと、社会変革の可能性にコミットしたプロレタリア文学の狭間で静かに息づいていた。そこでは「表現」と「思想」とが乖離することなく、「自然」への共感のうちに渾然一体として詩的結晶を遂げていた。ここでわれわれは、その「抒情」の文学空間の中に、中原中也や野村英夫、辻野久憲といったカトリシズムへの傾斜を持つ詩人や評論家がいたことは軽視するべきではない。「四季」には英米よりも仏独の影が強い。特集が組まれた詩人のなかに、フランシス・ジャムがいることがわたしの興味をそそる。ジャムは、自然詩人として出発したが、彼自身思ってもいなかったカトリック詩人へと変貌した詩人である。ジャムのように、「四季」のなかから、繊細優美ではあるがあくまで地上的なリリシズムにとどまる立原道造とは違う、神の被造物としての自然を感知し得る精神が生まれたかもしれないと想像するとき、そこには漱石のいう「外発的」ではない、内的必然性を持つ、借り物でない日本のカトリック文学の精神が育っていく豊かな可能性があったと思わずにいられない。

文芸評論の世界では、中村光夫（一九一一〜一九八八）、福田恆存（一九一二〜一九九四）が、辻野のほぼ同世代、すなわち明治の終わり、大正の前夜に生を受けた者である（文芸評論家からバルト学者に転身した井上良雄（一九〇七〜二〇〇三）はとりあえず除外する）。彼らの西欧近代理解の思考の枠組は、新保祐司が指摘するように、中村がルネサンス以降、福田が宗教改革以降に止まっていた。中世まで遡るものは、昭和生まれの饗庭孝男の登場を待たねばならなかった。

戦争中、岩下壮一の創設した聖フィリッポ寮で起居し、神山復生病院にも寮生たちと慰問したことがある遠藤周作が、舎監であった岩下の高弟吉満義彦とともに、堀辰雄とのつながりが深かったことを思うとき、「四季」が胚胎していた日本カトリック文学の可能性は、一度は絶たれたように見えつつも、実は秘かに伏流として流れていたと見ることも、あながち牽強付会とはいえまい。だが、敢えてそのような水脈を考えずとも、太平洋戦争後、特に昭和三十年代以降、カトリック者の文学が続々と出現したこと、また、カトリックの洗礼を受ける文学者が相次いで現れたことは隠れなき事実である。そこには、冒頭に記した北原白秋のまなざしから、カトリシズムに己の運命的なものを感知する辻野久憲の眼差しへの移行に象徴的にうかがわれる変化があると考えざるを得ない。そうした変化を促した要因については従来深く追究されてはこなかった憾みがあるが、昭和の前期、岩下壮一のパトスに満ちた著述活動とプラクシスによって、キリスト教カトリシズムがようやく日本社会にその全貌を開示しつつあったという思想的背景を無視するわけにはいかないであろう。

もっとも、岩下壮一は近代日本のカトリシズムにおける象徴的人物であって、わたしはいたずらに彼を誇大視しようとするものではない。そもそも彼自身にヒロイズムは皆無だった。思えば、内村鑑三に関する諸家の著作が昂然たる「偉人伝」の趣きを持ち、岩下壮一を語る人々の筆が例外なく「聖人伝」の響きを湛えていることは不思議な現象である。傑出した宗教家という存在は、論者の相対的視線への努力の及ばないところがあるらしい。

中村光夫は北村透谷の言葉を借りて、明治・大正を目まぐるしく思潮が入れ替わる「移動の時代」と断じたが、明治四十五年間と大正十五年間を加えた歳月に匹敵する戦後の昭和・平成の歳月もまた、明治・大正以上の「移動の時代」であった。そこには定点となるべきものがない。マルクス主義も、実存主義も、ポストモダンも、全ては揺れ動き、流転するばかりである。そのなかで、キリスト教はどうであろうか。

日本近代のクリスチャニズムを考えるときに、内村鑑三が特筆すべき重要人物であることはいうまでもないが、歴史の定点観測という視点に立つとき、カトリック司祭たちこそそれにふさわしいものではないだろうか。具体的には、太平洋戦争終結までは岩下壮一と吉満義彦（彼は司祭ではないが）を、戦後は門脇佳吉、奥村一郎らを取り上げることが適当と思われる。岩下は日露戦争は体験したが太平洋戦争は知らなかった。吉満は太平洋戦争後の日本を知らなかった。門脇らは太平洋戦争を経験し、第二ヴァチカン公会議以後を跨いで日本社会に生きている。カトリックもまた二十世紀に大きく変化したが、個人は変わっても、教理は変わらず、日本近代を定点観測する存在として、彼らほど相応しい存在はあるまい。

少なくとも、カトリシズムというプリズムを通すことにより、これまで見えなかった日本近代思想史の諸問題が次々に可視化してくることは明らかと思われる。

あとがき

作家でギリシア正教徒だった故川又一英氏の夫人敦子さんから、須賀敦子のお話をうかがったことがある。五本木の同じマンションにお住まいだったからである。わたし自身は面識はなかった。訃報に接したときに、あまりに突然のことで驚いた記憶がある。

ギリシア正教徒詩人鷲巣繁男は「偉大な詩人は宇宙の彼方からの彗星であり、作品はそれが齎した隕石であろうか。それは地上の苦悩と悲愁に密着しつつ、なお天上の彼方を恋い、永遠を思っている」（『ブローク詩集』推薦文）と記したことがある。この言葉は、当時わたしが須賀敦子に対して抱いた気持を代弁している。

須賀敦子という稀有の文学者について考えながら、わたしはカトリシズムと昭和の精神史について改めて思いを馳せずにはいられなかった。彼女は、ある文学者について知ろうと思ったならば、その人物が生きた社会や時代について綿密に知る必要があるとの立場を支持していた。これまで彼女について書かれた研究書がなかったのも、日本社会とカトリシズムに関する解明が不十分であったことと無関係ではあるまい。

近代以降のわが国におけるキリスト教といえば、プロテスタントを意味してきたが、昭和前期は、岩下壮一を指導者としてカトリシズムが大きく思想的に浮上した時期であった。そうした問題意識から書かれた書物が、政治思想史を専攻する半澤孝麿氏の『近代日本のカトリシズム　思想史的考察』（みすず書房、一九九三年）である。

しかし、太平洋戦争での敗北直後、カトリック教会が昭和初期以上に大仕掛に日本に入り込もうとする動きがあったようだ。ノンフィクション作家鬼塚英昭氏は『天皇のロザリオ』（成甲書房、二〇〇六年）で、教皇庁が戦争に敗北したわが国のキリスト教国化を計画し、連合国軍総司令部、日本政府、皇室に働きかけて実現を試みたが、最終的に不首尾に終わったとの大胆な仮説を提出している。真偽を判断する能力がわたしにはないが、否応なく国際政治に関わらずにはおられない教皇庁のアジア戦略としてあり得ない話ではなかろう。徳本栄一郎氏もまた『英国機密ファイルの昭和天皇』（新潮社、二〇〇七年）において、敗戦後の昭和天皇がカトリック信徒となることをイギリス政府が警戒していたことを明るみに出した。日本のカトリック教国化の可能性は皆無ではなかったはずである。

このように考えてくると、文学と宗教という古くて新しい問題にアプローチしようとするとき、政治という視点も入れざるを得ないことがわかる。本文でも触れたが、元国連難民高等弁務官緒方貞子氏（一九二七生）、元国連大学副学長武者小路公秀氏（一九二九生）なども、須賀敦子と同世代のカトリック知識人なのである。とりわけ一九五一年（昭和二十六年）に聖心女子大学を第一期生として卒業した緒方貞子氏は、二歳年下の須賀敦子と同窓生で二人ともカトリック学生連盟の一員であった。

カトリック教会は、世界的に衰退しているとの見方がある。第二次世界大戦後、ラテンアメリカ諸国で興隆したが、最近ではプロテスタント宗派への信者の流出が止まらない深刻な状況にある。今年五月に八十歳の教皇ベネディクト十六世がラテンアメリカを訪問したのも危機意識の現れだろう。だが、ロサンジェルスタイムスなど海外のメディアも国内各紙も、今回の訪問が不成功であったと報じている。

東アジアに目を移せば、ヴァチカンは中国政府との関係改善に意欲的である。カトリック信徒である美学者今道友信氏のように、儒教を「天」という一神を信ずる宗教とする考え方もあり、日本よりも一神教になじみやすい国かもしれない。譚璐美氏は、中国キリスト教の現況に関する興味深いレポートの中で、対華援助協会（在米中国人キリスト教支援組織）会長傅希秋牧師の談話を紹介している。彼によれば、中国国務院国家宗教事務局の葉小文局長が二〇〇六年に行った内部報告では、政府非公認団体も含めた中国全土のキリスト教信徒総数は一億三千万人という。総人口のおよそ一割である（『週刊新潮』二〇〇七年八月十六・二十三日夏季特大号）。ヴァチカンは現在もアジア戦略として、中国のカトリック教化を考えているのかもしれない。カトリシズムと日本を含むアジアの関係は、決して過去だけの問題ではない。韓国のキリスト教徒が総人口の約三分の一にのぼることも忘れてはなるまい。

本書は、『三田文學』『同時代』『羚』などにここ五年ほどのあいだに発表した論考に大幅に加筆訂正を加え、書き下ろし原稿を加えたものである。巻頭に収録した須賀敦子論を昨年の春に発表したとき、古代ローマ宗教史研究者の中西恭子氏、日本テレビプロデューサーの渡辺満子氏、フランス文学者の有田忠郎氏などから、おこころのこもった励ましを次々にいただき恐縮したことが、感謝の念とともに思い出される。

このたび旧知のイタリアルネサンス文化研究者澤井繁男氏のお口添えで、日外選書フォンターナの一冊として出版されることとなった。思いがけぬ機会を与えられ、望外の喜びというほかないが、恩師である比較文学者剣持武彦先生が急逝され、本書をお目にかけることができないのが残念である。編集万般については、朝日崇氏の周到なご配慮にあずかった。お世話になった方々に、改めて御礼申し述べたい。

二〇〇七年夏　横浜にて

神谷光信

〈付記〉
このたび増刷の機会を得たことから、初刷刊行後に判明した誤記・誤植等を正した。（二〇〇八年八月）

人名索引

事　項　索　引

著者略歴

神谷 光信（かみや・みつのぶ）

評論家。1960年横浜市生まれ。慶應義塾大学文学部卒業。現在，関東学院大学客員研究員。

著書に『評伝鷲巣繁男』（小沢書店）『詩のカテドラル』（沖積舎）『講座 日本のキリスト教芸術』（共著，日本キリスト教団出版局）『遠藤周作 挑発する作家』（共著，至文堂）ほか。難民移民大量流入時代の保守思想に関する評論で「表現者」賞奨励作受賞。

〈神谷光信のブログ〉http://blogs.yahoo.co.jp/kamiyafontenay

須賀敦子と9人のレリギオ
カトリシズムと昭和の精神史

2007年11月26日　第1刷発行
2008年10月10日　修訂第2刷発行

著　者／神谷光信
発行者／大高利夫
発　行／日外アソシエーツ株式会社
〒143-8550 東京都大田区大森北1-23-8 第3下川ビル
電話 (03)3763-5241(代表)　FAX(03)3764-0845
URL http://www.nichigai.co.jp/

組版処理／有限会社デジタル工房
印刷・製本／大日本印刷株式会社

《中性紙日本大昭和板紙ラフクリーム琥珀使用》
ISBN978-4-8169-2070-7　　*Printed in Japan,2008*